チャンスはハゲおやじ

久留島武彦の
心を育てる名言集

著者／金 成妍
監修／久留島武彦記念館

はじめに

久留島武彦《くるしまたけひこ》は、明治・大正・昭和の三代にわたる六十年もの間、「信じ合うこと」、「助け合うこと」、「違いを認め合うこと」など、人が人として共に生きていく上で必要な教えを楽しいお話にのせて、子どもたちに語り聞かせた教育者です。児童文化という概念すら無かった時代に、口演童話を主とした久留島先生の活動は、教育の在り方として画期的なものでした。

地道な口演童話活動のかたわら、日本初の児童劇団および児童文化活動団体であるお伽倶楽部《とぎくらぶ》を世に生み出し、東京に創立した早蕨幼稚園とイートン英語学校および家庭塾の経営、それにボーイスカウトの指導まで多岐にわたって活動し、児童文化の土台を築き上げました。戦時中に自宅や幼稚園が全焼した後は、専ら口演童話活動に専念し、七十歳の年に年間四百六十回、八十五歳の年に年間百十回という驚異的な口演回数をこなし、八十六歳で亡くなる二ヶ月前まで演壇に立ちました。生涯の口演動員数は、晩年の手帳や新聞記事の調査で正確に把握出来た数だけで二百万人を超えており、それは東京ドーム公演三十六回分に匹敵します。このバイタリティあふれる功績から、久留島先生は口演童話界のレジェンドに位置付けられています。

今私たちは目まぐるしく変化する高度情報通信社会のまっただ中を生きています。育児や教育の中にも情報化社会の問題は溶け込んでおり、インターネットで簡単に得た切れ切れの情報を知識と勘違いし、社会とつながっているような安心感を得るためにスマートフォンを片時も手放せない「スマホ依存症」が深刻な社会問題になって久しく、スマホに子守を頼る「スマホ育児」の広まりは多くの議論を呼んでいます。家族や友達が集まっても、みんな黙って各自のスマホばかり見ている光景は、もはや珍しくもありません。

お互いの心に触れ合いながら、分かち合い、励まし合い、ともに成長していくための原動力になる「言葉」。しかし今みなさんは直接「言葉」を交わして話し合うことを避け、絵文字いっぱいのメールで済ましてはいませんか。「語ること」、「聞くこと」が遠くなった今だからこそ、語りの道に生涯をかけた久留島先生の言葉が生きてくるのではないでしょうか。

二〇一七年四月二十八日、大分県玖珠《くす》町にオープンした久留島武彦記念館は、「語りの世界へ!」をモットーに、一人ひとりの来館者に声をかけ、丁寧に館内を案内しながら久留島先生のことを伝えています。館内には、久留島先生の言葉を紹介する「名言の壁」がありますが、それが来館者の好評を呼び、久留島先生の言葉をもっと知りたいという声が多く寄せられました。その声に答えるために、当館では久留島先生が残した六百六十点に及ぶ著書を何度も何度も読み返し、心に響く言葉を選び集め、一冊の本にまとめることにいたしました。

また、久留島武彦記念館では「記憶を記録に！」というプロジェクトを立ち上げ、著名人の回顧文、及び先生のお話を実際聞いた方々の体験談を募集し、口演者としての先生の輪郭をよりはっきり後世に残せるように努力しています。一度もマイクを使ったことがないという久留島先生の口演会場には、一度に二万人が押し寄せたこともあり、特に大勢の子どもたちを相手に発せられた言葉は、ユーモラスでかつ簡単、明確。迷いの無い、まっすぐに胸の奥に届くような言葉です。そのためでしょうか、小学生や中学生の時に先生のお話を聞いたことがあるという方の中には、六十年、七十年経った今でも記憶の欠片を鮮明に語ってくださる方が少なくありません。

「継続は力なり」、「チャンスはハゲおやじ」などの、人生の助けになるものから、「子どもの手は牛の鼻」、「子どもは砂場で育つ」など教育にまつわるものまで、その言葉の数々は現在の教育現場ではもちろん、子育てに悩む家庭や社員教育にもヒントになることが多いはずです。

戸惑いながらも精一杯生きているあなたへ、久留島先生の言葉をお借りしてエールをお送りいたします。

二〇二〇年三月

久留島武彦記念館

館長　金《きむ》　成妍《そんよん》

目 次

目次

久留島武彦
心を育てる名言

人生を助ける10の言葉

1

言葉とは自分の心を人の心にうつすもの

「お話」ということは、自分の心を人の心にうつすことです。言葉や身ぶりはその道具に過ぎません。例えば、ご馳走です。言葉や身ぶりはそのご馳走をもる人物です。いくら入物ばかり立派でも、中身のご馳走がまずくては駄目です。それと同じで、お話には心が一番大切です。話さなければならないと思う心が出来て、自然に、それを話す言葉が湧いてくるのです。話したい、話さなければならない、話そ

う と思う心が、胸いっぱいに溢れてくれば、ひとりでに言葉も身ぶりも、いきいきと動き出すものであります。それで先ず、話上手になろうと思うならば、「何を自分は話したいのか」ということをハッキリ考えて、そして「自分が話したいことは、聞き手の人も自分と同じように分かってくれるだろうか、また自分と同じように考えてくれるだろうか」と考えて、一心に、そのことを祈りながら真心をこめて話すことです。この覚悟で話すならば、どんな話を、どんな言葉で話しても、きっと人を感動させることができます。

（「お話の上手になる法」『少年倶楽部』第二十巻第二号、昭和八年）

早蕨幼稚園を開園して間もない頃、久留島先生は日本初の童話の語り方研究会である「回字会《かいじかい》」を立ち上げました。「回字」という字には、「口の中に口あり、口の外に口あり」という意味が込められています。外の口は鼻の下にある普通の口、中の口は「精神の充実した声」を表しています。つまり、魂をきれいに磨き続ける自己修養を通して精神の充実した声を出す話し方の研究会という意味で、回字会《かいじかい》と名づけたわけです。久留島先生は口演童話を主な手段とした社会教育を目指していたため、話し方を習いたい人であれば、職を問わず幅広く回字会に受け入れました。そのため回字会には、童話家だけでなく、人とのコミュニケーションや話術に興味を持つ学校の先生や政治家、弁護士、自営業者、医者、軍人など、社会各方面の人が会員になりました。そのメンバーの一人である岡田唯吉の言葉を紹介します。

私が高松の学校勤務を退き現在の博物館生活に入り郷土史研究に従事しました当時、先生がご来観くだされたことがありました。当時先生のお言葉について非常に感じたことがありますが、それは私の現職（香川県史蹟名勝天然記念物調査委員、坂出町鎌田共済会調査部及び博物館主事）勤務を見られ、先生が「岡田さん、よい落ち着きどころが出来ましたね」と言われました。私の方へは東京人を初めとし、各都会地の人も、田舎の人も各種各様の人々が多く見えますが、その人々の中には「君はよい隠居所が出来たな」、あるいは「趣味に生きるという職業ほど羨ましいものはない」、「大変に楽しい職業についたな」、「綺麗な職業を得たな」、「君は学者になったな」云々と各種の挨拶言葉を聞かされるが、私にとっては久留島先生のお言葉が最も感じよく、嬉しく無限の味わいあることを感じさせられたのであります。

（『いぬはりこ』家の教育社、昭和十一年）

「言葉」という漢字は、「言」という「葉っぱ」です。木から落ちた葉っぱは決して元通りに木にくっつけることはできません。それと同じように、口から出た言葉という葉っぱも、一度口から出してしまったら二度と元に戻すことはできません。言葉は自分の心を人の心にうつすものだということを意識して、真心を込めて相手に話してください。そうすれば、どんな拙い言葉でもその心は相手にうつるはずです。

2 知恵は人間を造らない

正直な心と揺るぎない信念を人生の羅針盤として大切にしていた久留島先生は、この二つが真の人間を造り得ると考え、「知恵は人間を造らない」と言いました。このことを表すエピソードが二つあります。

福澤諭吉によって創刊された『時事新報』という日刊新聞があります。この新聞を刊行していた時事新報社は、大正六（一九一七）年の夏、全国巡回講演会を企画しました。久留島先生を講師に招き、各県を回りながら講演会や座談会を開催したのです。

当時、久留島先生は「お話の久留島先生」と呼ばれ口演童話家として名高かったですが、大人向けの講演者・雄弁家としても著名でした。

東京から始まった講演は福島県いわき市小名浜に回って来ました。当地の者で講演準備係となった小野務平は、旅館の一室で初めて久留島先生に面会しました。久留島先生が休憩室として使っている旅館の一室で小野務平は講演の広告文を書きました。時事新報社は社告を通して、講演日時を某月某日午後六時と発表しましたが、小野務平は広告文に五時と書きました。それまで小名浜で開催された講演会は、講演の種類に関係なく、いくら有名な名士が来ても集まる聴衆は百人に満たないという寂しいもの。主催側としてはいつも少ない聴衆が悩みで、一人でも多くの聴衆を集めるために、広告文に一時間早く書いたのでした。それなりの知恵をしぼった工夫だったのです。貼り出されたその広告文を見た久留島先生は、「社告で午後六時としたものを、五時に訂正したことは、社告を裏切った行為で、社の意志に反したやり方です。とくに五時といえば、家庭にあっては夕食の準備中で、話を聞きに出かける時ではないのです」と厳しく叱りました。しかし小野務平は負けずに言い返しました。「社告がどうだろうと、聴衆を集める方法としては仕方のないことです。なにも講師たるべき先生がビラにまで干渉する必要はないはずです。聴衆をたくさん集めることは主催地の私の任務です。集まった聴衆に対して講演さえなされば先生の任務は済むでしょう」強気で言ってみたものの、小野務平は心配で落ち着きませんでした。

その日はあいにく午後二時から雨が降って来ました。雨はだんだん強くなり、午後四時から大雨となりました。六時に近づいた頃は、もう豪雨です。聴衆はどうなったでしょうか。前が見えないほどの雨の中を、なんと千八百名もの人が歩いてきていました。会場は講堂のない小さい学校でした。三つの教室を打ち抜いた広間には人が入りきれないほどで、廊下も人で埋め尽くされました。空前の盛況でした。しかし残念なことに、久留島先生が演壇に立って十数分話したところで、豪雨のため橋が流されたという悲報が届きました。聴衆は一度に総立ちとなって散会を余儀なくされました。主催側の頼みを久留島先生が快く受け入れ、翌日、再び講演会が実現されました。再講演は午前十時から開催されましたが、昨夜に劣らない盛況でした。聴衆を魅了する久留島先生の力に心を打たれた小野務平は、自分の無礼を恥じて謝りました。そして先生に弟子入りし、その後、回字会小名浜支部会長となって口演童話活動に従事しました。

もう一つのエピソードを紹介します。久留島先生は昭和二十八（一九五三）年から亡くなる昭和三十五（一九六〇）年までの七年間、赤木要女《あかぎかなめ》という秘書を採用し、口演行脚を続けました。昭和三十二（一九五七）年四月、久留島先生が京都児童芸術研究所に身を寄せていた頃のことです。赤木要女は先生に随行して祇園芸者の舞台を見に行きました。招待などが続き、三度目の見物でした。その舞台には、舞子さんのお手前によるお茶とお菓子をのせたお皿がお土産代わりにもらえるという楽しみがありました。舞台が終わって通路に出ようとしたところ、座席の下にお皿が落ちているのが見えました。とっさに「もったいない」と思った赤木要女はそれを拾い、持ち帰りました。しかし、それを見た先生は「あなたには盗人の根性がある」としぶい顔をしたのです。お皿に描かれた串団子の模様が五色そろった嬉しさも一瞬にして身の置きどころのない恥ずかしさに変わってしまいました。「先生は欲深さとか、いやしさなどはみじんも感じさせない大らかな心の持ち主で、野山の草木さえ手折ることなく、風景の美しさに心ひかれるときは、ありあわせの手帳や葉書に写生されました」と赤木要女は回想しています。

久留島先生の言う「知恵」とは、小野務平が聴衆を集めるために嘘の記載をしたり、赤木要女がもったいないと落ちていた皿を持ち帰ったりしたことのような、「一見すると賢いようで、しかし心から感心することはできないこと」を意味するのではないでしょうか。

久留島先生のバックボーンには、儒教の教えがありました。生きとし生けるものを殺してはならない、嘘をついてはならない、人のものを盗んではいけない。これらの道徳観は儒教の考え方から生まれたものだったのです。

3

一人では何もできない、しかし一人が始めなければ何もできない

ラグビーワールドカップ二〇一九が日本で開催され、ラグビーに対する関心が高まり、「One for all, all for one」すなわち、「一人はみんなのために、みんなは一つの目的（勝利）のために」という言葉も、ラグビー精神を表す言葉として広く知られるようになりました。これに似た言葉で、久留島精神を語る上で欠かせないものがあります。

久留島先生は晩年、デモクラシー（民主主義）を子どもたちに分かりやすく説明するために「ともがき」という童話をよく口演しました。「Each for all, all for each」、すなわち「一人は万人の為に立ち、万人は一人の為に立つ」という言葉を黒板に書きながら話されたそうです。先生の語ったデモクラシーのお話を記憶している人の中に、和歌山県みなべ町在住の畑崎龍定さん（一九二八年生まれ）がいます。久留島先生から聞いた「一人では何もできない、しかし一人が始めなければ何もできない」という言葉を一度も忘れたことがないと、しみじみと語っておられました。

久留島先生の「ともがき」とはどんなお話でしょうか。このお話は先生の肉声が残っています。それを活字にしたものをご紹介します。

みんなが分からないお話をしようと思う。そこに腰かけておる子どもなどは、何のお話か分からんだろう。それは、デモクラシーっていうお話だ。お父さんに聞いて「お父さん、デモクラシーってなあに?」「ああ、わからん。そんな難しいことはわからん」、「お母さん、デモクラシーってなに?」「ああ、そんな難しいことは学校の先生にお聞き」「先生、デモクラシーってなんだろうと思う？」

そこで私は今日、これからデモクラシーのお話をする。みんなが分からずに眠ってしまったら、何と面白いだろう。森の中にこれだけの人がいびきをかいてグーグー。それこそ私には良い見ものであります。じゃあこれからお話をしますよ。

カーカーカーと鳴くカラスが「俺も遊びたいなあ。誰かお友達と。誰が良いだろう」と考えたが、「いっそお友達と遊ぶなら、違ったお友達を作ろう。あ、あそこにチョロチョロチョロチョロチョロいるやつが、ありゃあ鼠だな。あれとお友達になったら面白いだろう」カアーとカラスは舞い降りて行って「おいおいおい、おまえ、どこ行くの？僕と遊びに行こう」「遊びに？ただ遊びに行くの？」「まだ、これからお友達を探して遊ぼうと思う。そう、じゃあ僕と、これから一緒に遊ばないかい？」「やだあ。カラスさんと遊んだら、お前のそのくちばしで俺の頭を叩くだろ？」「うん、友達になったら頭叩かんよ」（中略）というと鼠が、「それならね、カラスさん。あそこに池があるだろう。あの池の中に僕のお友達がおる。そのお友達に相談して、それが良いと言ったらお友達になろう」「池で? 誰ね? まあ誰でもいいから、お前さん先に池の側に行っといで」

カラスは誰が鼠のお友達だろうと思ってカーカーカー行ってみると、池の水はきれいに澄んで「なあんにもいないよ。おや、鼠は嘘をついたかな?」と思ってみておると、鼠がチョロチョロチョロと飛んできて、まるい尻尾を出して、池の水をチラチラチラチラと叩くと、池の底の泥がもくもくもくもくと動きはじめ、カラスは「アーアー、変な奴が出てきたぞ」と思うと、このぐらいの丸い、おてて真っ白短い、尻尾がある。なんでしょう? そう、そう、亀が泳いで出てきた。

「鼠さん、何の用事だい?」「亀さん、亀さん、あそこにカラスが止まっているだろう。あれがな、俺に友達になってくれよと言うんだよ。どうしようかな」「ああ、そうか。俺は水の中におるから、深いお話ならできる。お前も畑におるから、広いお話ならできる。けど、俺もお前も高いとこにはあがることができないから、高いお話は分からんだろう。カラスがお友達になったら、カラスが高いところから見たお話をしてくれるだろう。そして俺は深いお話をして、お前は広いお話をする。そうすると、いろんなお話がまとまって面白いぞ、友達になっておあげよ」そういうと、鼠が「いいさ、カラスとお友達になるね。カラスさん、カラスさん、じゃあ友達になるからな。お前さんは高いところから見た世間の話をしてくださいよ」「ああ、ありがとう。ありがとう。じゃあ、亀さんどうかよろしく願います。鼠さん、どうかよろしくお頼みします」

言った言葉の終わらん時に、バーンいう鉄砲の音がした。カラスは自分が撃たれたのかと思ってカーカーカー竹藪の中に真一文字に飛び込んで、亀は驚いて真っ逆さまになって池の底にググーッと潜る。鼠も驚いてチョロチョロ、竹の根っこにチョロリと入って隠れる。そこにバタバタ、バタバタ跳んできたのは鹿であります。その鹿が池の側まで来るとバタンと倒れ、カラスは「あ、鹿が撃たれたな。誰が撃ったんだろう」と思って、高いところにおるから遠くが見える。ひょいっと見ると、煙の出る鉄砲を持ったお百姓さんが、ここに鹿が倒れておるのに向こうの山の方ばかりを見ておる。鉄砲を持って。カラスはそれを見ると、「ああ、ははは。バカだなあ。ここに鹿が倒れておるのに。あはは。あ、間違えてあの山に入っちゃった。目の付け所が低いと分からんかなあ。ここに鹿が倒れているのに。鹿さん、鹿さん、お前撃たれたのかい？」そうすると鹿は、はあはあと言いながらヒョロヒョロと立ち上がり「いや、撃たれたのじゃないけれどな、弾が耳と角の間をひゅーんと通り、あたしゃビックリして逃げ、そこまで来たらば竹の根っこに爪をひっかけ、バタンと倒れ、わき腹を打って痛くてたまらない。カラスさん、お百姓さんがそこいらにいるだろ？」「はは、お百姓さんはな、目の付け所が低いもんだから、お前がここに倒れているのを知らない。見当間違い。向こうの山の中に入っちゃったぜ」「いやあ、カラスさんどうか、あなたどこかで番をしとってください。お百姓が出てきたならば、私に教えてください」「ああ、人間なんかにお前を撃たせはせんよ。安心して、まあ池の水でも飲んで精をつけよ。人間っていうのは悪いことをするやつだなあ。いきなり鉄砲を撃ったりなんかして。まあ、早く元気を出して水でもお上がり」そういうと、鹿は「ありがとう。カラスさん、どうぞ番をしとってください」

鹿がヒョロヒョロと立って、泥濁りをした池の水に口をつけて飲もうとすると、泥水の中から亀が頭をヒョイッと突き出して「まあよかったなあ」「うわあ、ビックリした。うわあ驚いた。なんだ、お前は亀さんじゃないか。ああ驚いた。俺は鉄砲が出てきたかと思った。まあお前の頭は良く鉄砲に似ている。ああ驚いたわしは。水の中から鉄砲を撃ったかと思った。ちょっと水を飲ませてくださいよ」「いくらでも飲んで、元気をつけなされよ」鹿がヒョロヒョロと歩いて水に口をつけようとすると、足元の竹の根っこの側から鼠がチョロリと頭を出し、「まあ鹿さんよかったなあ」「うわあ。ビックリした。なに、お前は鼠。お前は亀。お前はカラス。なんだい、妙な取り合わせだなあ。カラスさんと、鼠さんと亀さん、お前たちはここで何をしておる」というと、カラスが「なあ鹿さん、わしらはみんな違うものが仲良しになると、いろんなお話ができる。わたしが高いところから見るだろ。亀さんは深いところで考えるだろ。鼠さんは広いところを跳んでまわって調べるだろ。高い話と深い話、広い話がよると、大概賢くなるもんだ。どうだ、おまえさんも友達にならんか。お前が山の話をする、鼠が原の話をする、わたしは空の話をする、亀が水の話をする。そうするともう、世の中のことは大概わかるで」「ああ、そりゃあ、ありがたいなあ。じゃあ、明日からどうか仲間に入れてもらいたい。じゃあ、カラスさんお願いします。鼠さん、お頼みします。亀さん、どうぞよろしくお願いします」

（中略）

足の一番早いものはだれです？　鹿。一番のろいものは？　亀。羽のあるものは？　カラス。土の上を這いずり回っているものは？　鼠。みんな違うものが仲良く助け合ったのが、これがデモクラシーです。

今日夕方おうちに帰ったならば、お父さん、ちょっとそこへお座んなさい。デモクラシーとはどんなことですか？　こう言ってお父さんが「そんなめんどうな難しいことはわからん」と言ったら、「僕が聞かせてあげる」と、このお話を聞かせてあげてください。知恵のあるものもないものも、考えの早いもののろいものも、互いに助けていくのでデモクラシーは行われるのであります。これでわたくしのお話はおしまいであります。

（「ともがき」久留島武彦記念館所蔵口演肉声）

久留島先生は、垣根のように固く結ばれた友達のことを「ともがき（友垣）」と表現しました。自分と違う人を変わり者と呼んでからかったりいじめたりせず、このお話のカラス、鼠、亀、鹿のように、多様性を尊重し、違いを認め合って共に生きていくことの大切さを久留島先生は訴えたのです。その守るべき価値観の上で、自分から行動することです。一人では何もできない、しかし一人が始めなければ何もできないのですから。

4

身動かざれば心働かず

いくら考えていることがあっても行動に移さなければ、それは心が働いていない、つまり何も考えていないのと同じです。「身動かざれば心働かず」、この言葉を通して久留島先生は、読んだり聞いたりしたことを記憶するだけではなく、読んだり聞いたことを何か自分の行動に変えるように背中を押してくれます。

おっくうがらずに手紙や文章をまめに書く、そのような人を「筆忠実《ふでまめ》」といいますが、久留島先生はまさに真の筆忠実でした。久留島武彦童話三十年を記念して出版された童話集『いぬはりこ』（家の教育社、昭和十一年）には、三十名の弟子による童話に加え、百九名の知己の回顧文をまとめた「我等の久留島先生」が附録として収録されています。その中で坪谷水哉は、「私が同君に殊に敬服するのは、どこへ行っても常に行く先々から消息の絵葉書を送られ、しかもその絵葉書の中には、消息の外に自ら絵を描いて、その場の実況を文と画とで報ずることです」と述べています。また、斎藤勝子は、「先生はいつも御旅行先から筆まめにお便りくださいますが、あのお忙しいなかに、よくも御精が続かれるものとほとほと感心させられます。特に我が郷土の民謡『佐渡おけさ』について、良きご理解をお持ちになり、旅先などでお聞きになった節まわしなどを批評的に見られたお便りをくださいますが、この事については、本場の佐渡の人達に代わって感謝しています」と回顧しています。

思っていることを行動に移すこと、行動に移して人に伝えることによって、自分の思いや考えは相手に伝わります。お仕事をしていると、毎日のように人からもらう名刺が増えていき、一ヶ月も経てばどなたからもらった名刺か分からなくなる場合もあります。そのため私は名刺をいただいたら、その日の内にその名刺の持ち主の印象や交わした会話の内容、特記すべきことを簡単に名刺の余白か裏にメモしてから収納するようにしています。そして改めて挨拶やお礼をしたい方には、思い立ったその日にすること、字が汚くても必ず手書きの手紙を添えることを心がけています。行動することによって心は伝わり、伝わることによってようやくつながっていくからです。「身動かざれば心働かず」なのです。

あの福澤諭吉先生も「とりあえずやってみて慣れる」と言いましたが、行動することを大事にした久留島先生の口癖も、「何でもモノは考えているよりやってみろだ」でした。あなたはこの言葉を記憶する人でしょうか、それとも行動に変える人でしょうか。

5

言葉の響きはオーケストラ

演説、講演をするにあたって「音声がどれほど大切なるものであるか」は今更に改めて言うまでもありません。また音声の好いと悪いとは、聴衆にどれだけ快感と不快とを与えるかということもすでによく分かっております。

生来の音声はどうすることもできない、しかしそれも修練によっては決して失望することはありません。声ほど人の胸奥に微妙なる感じを起させるものはありません。その人の顔も知らずその人格も知らずして、ただその音声のみを耳にする時、知らず知らずのうちに、「あの声は軽薄だ」とか、あるいは「実はゆかしい人だ」とか、あるいは「頼もしく、慕わしい」とか感じさせるものです。こういうようなものであるから、この音声は重んじるべきものなのです。ここにおいて私は、声にも人格があると言いたい。先天的に音声の悪い人はそれを充分に補うだけの修練を積む必要があると思うのです。

話は言葉と声の綴り合わせであります。話は声であることに気が付けば、声が既に全てを語っているといえましょう。ハリウッドの映画監督が容貌で選んだ俳優は長続きしないが、声で選ばれた俳優の人気は絶えないと語っているのでもお分かりでしょう。人の心をつかむのは声であり、言葉ではありません。最近法曹界においても弁護士は声をねる必要があるといっています。正しい訓練をへた美しい声による弁論は検事の耳を傾けさせ、その内容に真実を思わせるものであります。感情は声によって引き出されるとも言い得るでしょう。

（『雄弁』二巻八号、大日本図書、明治四十四年、「童話教育の効用と話術の指導」『児童文化』児童文化研究所、昭和二十四年）

多くの人に数えられないほどの口演、演説をしてきた久留島先生は、「声」の大事さを強調し、「良い音というものは、よくよく修行した後でなければ出るはずがない」と言いました。先生自らも関西学院の後輩・山田耕筰《やまだこうさく》（一八八六〜一九六五、作曲家）から定期的にボイストレーニングを受けるほど、良い音を出すために努力しました。その結果、六十年間毎日のようにお話を続けましたが、生涯ほとんどマイクを使ったことがなく、どんなに広い会場でも隅々までその声が届いたといいます。樫葉勇（一八九六〜一九七八、口演童話家）による次のような記録が残っています。

神田の中央大学大講堂で幼児教育研究集会があり、二千に近い幼稚園の先生たちが、大会場を埋め尽くしていました。そんな大きな会場があるから、もちろんマイクを用意していました。開会の辞からはじまって、報告、祝辞、講演すべて、マイクを通して聴衆に届けられました。午後二時、プログラムにしたがって久留島先生が登壇されると、司会者を手招きして、マイクを取り除くようにと言われました。聴衆は意外そうな顔色でした。さっきから、マイクがあっても完全に聞き取れなかったのに、老先生が肉声で話すとは、いささか無鉄砲だと思ったに違いありません。ところが、ひとたび口を開かれると、その一語一語が、マイクの力を借りたこれまでの話よりも、はるかにはっきりと聞こえて来ました。いや、聞こえるだけではない、人々の心の中に、つよく響いて来たのです。もはや声ではない、響きでした。あの響きは、どこから出て来るのでしょうか。この講演だけでなく、先生がマイクを使って講演されるのを、私はまだ一度も聞いたことがありません。そしてマイクがないために、先生のお話が聞こえなかったという経験も一度もありません。いつも一語一語が、響きとなって人々の胸につたわってきます。こんな響きはどこから出て来るのであろうかと、私はいつも考えます。

（『久留島名話集 角笛はひびく』全国童話人協会、昭和三十六年）

久留島先生はよい音を出すための、声の扱い方、ノウハウを残しています。

第一、低い声で話す練習を重ね、声の高低をコントロールすること

第二、話に間をもつこと
第三、オーケストラのように、歌うように話すこと
第四、声を自由にもちまわり、思ったところに落とす練習をすること

「耳と同時に心に語る言葉」、それが「響き」なのだと久留島先生は説きました。正しい訓練をへた美しい声で言葉を発すると、耳と同時に心に語ることができるといいます。当たり前のように出している自分の声を、少し意識してオーケストラに変えてみませんか。

6

文化人は借金をするな

昭和十五（一九四〇）年北九州の到津《いとうづ》遊園（現・到津の森公園）の四代園長だった阿南哲朗《あなんてつろう》（一九〇三〜一九七九、詩人・童話作家）が三十五歳の時のことです。久留島先生から京都、奈良の古跡を案内してあげるから出てきなさいとの電報をいただいたので、阿南は大喜びで大阪の堂島ホテルに先生を訪ねました。すると先生は阿南の顔を見るなり、「君は何か心配ごとがあるのだな」と言い、阿南は驚きました。図星だったのです。実は大阪に出る前日、友人が金を払わないで保証人である阿南に代わりに支払えと言ってきたので、保証人になったことを後悔していたところでした。このことを率直に報告したところ、「文化人は借金をしたり、保証をしたりしたら、それでおしまいだ。僕の親友で文筆家として日本の大家である人が、人の保証や借金をしたりしてついに生涯それに追われて死んでしまった。君などはまだ若いから今から心して処世するのだよ」と諭されて、帰り際には金一封をくださったといいます。

金額の大小に関わらず、お金の貸し借りで長年築いてきた人間関係がこじれてしまうということは、どなたにも当てはまることです。しかし久留島先生は、「文化人」と限定した言葉を残しています。それは、久留島先生が子どもの文化芸術普及活動のために多岐にわたって活動する中で、学問や芸術に関係する職を持つものである文化人が金銭問題に追われて滅びてしまうことを長年見てきた経験に基づく、心からの助言だったのでしょう。

久留島先生は明治四十（一九〇七）年から本格的に全国各地を巡回しながら、子どものための「口演童話」と大人のための「講演」を行いました。ラジオやテレビなどのマスメディアがなかった当時は、情報を伝える媒体として新聞や雑誌などの印刷物に頼っていました。そのため久留島先生は、新知識の伝達機能を兼ねた社会教育を担う良質の講師を育成し、地方に派遣することを強く訴えていました。久留島先生が講演活動を始めた頃は、講師に対する認識がまだ低く、「口の商売」と噂されていました。講師に謝礼金を支払う習慣もなく、むしろ「金銭を出すことは忌むべき」、「土地の特産物でも謝礼にせねば失礼になる」と思う風潮があり、真綿の名産地に行けば五、六ヶ所続けて真綿を贈られ、桃の缶詰の産地に行けばまたいたるところで桃の缶詰を謝礼として贈られ、閉口したそうです。そこで久留島先生は、「もし正当なる報酬を受けて、ここに品性に拘わるなど思ふような、あやふやな人格の人であるならば、最初から社会教育の仁に当たらぬが宜しい」と、正当な報酬を受けてこそプロフェッショナルが育つ環境が整うということを指摘しました。保証人にもなって人に尽くすのではなく、人に教養を伝え、文化を創っていくことが文化人の役目だと、久留島先生は考えていたのではないでしょうか。

7

あごを忘れるな

動物学から見ても、あごの出た人間は文化の未発達な原始人に多い。顔を描くにもあごを出して描きさえすれば野蛮人に見える。文化人ほどあごは引きこんでいる。これがまたあまり引き込み過ぎると、自己あることを知って他あることを知らず、いわゆる自我の強い、額で人を睨むということに必然的になってくる。これは私は人格的に考えても、発声法から考えても、呼吸調整ということから考えても、あごを忘れないということが人をつかむに大切なことではないかと思います。

あごを引けば、第一に呼吸の調整ができる。これによって声の響きというものが非常によくなる。子どもの働きは直感である。大人の働きは推理である。大人は理知的に判断するが、子どもは理知が発達せず感情的である。ゆえに、感じのない響きなり声にはとらえられない。子どもに語るというには、常にゆるやかな呼吸で話すようにしなければならない。

もう一つ、子どもは事前に聴かない。大人は講師の名前や演題を見て、今日は聴きものだぞ、これを聴きはずしてはいけないと、すでに聴いている。語る前に聴く。子どもはどんな講師だろうがどんな演題だろうが、聴いたところから聞き始めです。それから子どもはその話の間でも聞かなくなる。ところが大人は考え直して聴いてくれる。「くだらないことを言っている、暑いのに、でも教育会から旅費ももらってあるし、報告しなければならないし……」と聴き直してくれる。それから事後に聴くのである。夜静まってから、「はてな、あの学者はああいうことを言ったが、してみると俺の考えているのも間違っていないな」後から考え直してくれる。事前に聴き、事中に聴き、事後に聴くというのが大人の聴き方であります。子どもは事前に聴かない、話しの途中でもすぐ離れてしまう。話しにくく、聴かせにくいのが子どもであります。私はこういう点から考えて、どうか話術の発着点を子どもに語るというところから行きたいものだと思う。

（『童話術講話』日本青少年文化センター、昭和四十八年）

久留島先生は、場所、呼吸、姿勢、声、話の組み立て方、子どもの数、肩と腰の決め方など、童話の聞かせ方のコツを体系的かつ詳細に伝えてきました。特に、「良い声を作るものは呼吸である」ということを強く主張しました。先生は三十代から「正しい生活は正しい呼吸よりはじまる」といって、鼻から大きく息を吸って口からゆっくり息を吐く深呼吸運動を日課として行い、早蕨幼稚園でも毎朝、園庭で深呼吸の時間を設けました。

その重要な呼吸を支える、人の目に語る偉大な言葉の一つが「あご」です。あごが体から離れて前に出れば出るほど、自分自身がなくなるといいます。人に話す時は常に自分自身をしっかり持ち、聞き手と対等でないと、自分の話を人に聞いてもらうことはできません。また、あごの調節は呼吸の調節においても重要なものだと久留島先生は考えました。あごを引くと、自然と胸がはり、肩があがります。肩は人の品位を語り、人格、すなわちその人のあり方を表します。能は品位を代表する芸術ですが、その能の動きは、肩によって表現されるといわれています。つまり、人に語る際は、あごを忘れないように意識するだけで正しい姿勢を作ることができると久留島先生は考えたのです。それとともに、腰から下を動かさないことにも注意しなくてはなりません。腰から下はまた、その人の威厳と力を表しています。腰をまげて、テーブルに手をついて、力強い言葉を語ろうとしても語り得られるものではありません。

皆さんも生活の中で、自分に「あごを忘れるな」と言い聞かせることを始めてみませんか。

8

心をもって目に語る

今までの日本人は目で読もう聞こうとばかり思っていて、目で言おうということをしなかった。然るに西洋人は巧みに目で物言わせる、中国人もその傾向がある。今において日本人にこの習慣をつけるには従来の因襲を打破開拓せねばならぬ、従って甚だ難事であると思う。よく外国の人が日本の女は人形のようだというが、これは一面から見れば目に働きがないからの故ではあるまいかと思う。日本の芸者が客に正面に顔を見せることは甚だ拙なるもので、これ等は日本人が目を働かすことを知らないが故であろう。

相手に深大な、しかも強烈な印象を与えるには、どうしても目の力に依らなければならぬ。外の口の練習にのみ走らせて内の口を閑却している日本人はどうしても内の口、即ち目の働き、精神の充実せる声を出すに心がけねばならぬ。

（「眼で演べよ」『雄弁』大日本図書、明治四十三年）

韓国では目上の人の目をじっと見つめることは生意気と見なされることが多いです。目上の人の前では少し伏し目で話を聞くのが従順な、礼儀正しい態度と見なされています。目上の人から叱られるときに目を見つめると、「その目はなんだ、文句があるのか」と余計に怒られます。日本も同じ傾向があります。相手を強く見つめることは何だか失礼な態度と見なされるようです。その背景には、相手の目を見て話すことは無作法という考えがあった、身分制度の厳しい時代の歴史が影響しているのかもしれません。久留島先生は明治七（一八七四）年生まれです。それも藩主の家系で「若様」と呼ばれ育った華族です。そんな久留島先生が「目を見て語り合う」ことを唱えるようになったのは、ウェンライト先生のようなアメリカ人との出会いやキリスト教的平等主義に傾倒した影響が大きいと思われます。アメリカ人の場合、強い視線は相手に対する信頼の証です。自分の主張を裏付ける最も確かな自信の証なのです。少年時代からアメリカ人と親しくふれ合い、大人になってからも世界一周、アメリカ旅行、ヨーロッパ旅行などを通して多くの外国人と接した久留島先生は、早くから「目の力」を体得したと思われます。久留島先生の代表的な童話作品の中で、『海に光る壺』（子どもの未来社）という話があります。靴磨きの健一という少年が海辺で不思議なお爺さんに出会い、海の中に案内され、人間の魂をつめてある壺を見せてもらいます。腹黒い人の魂は黒色、嘘つきの魂は黄色、臆病者の魂は青色、怒りっぽい人の魂は赤色、正直者の魂は水晶のような白色です。その体験を通して健一は、魂も靴のように磨けば水晶のようにきれいに光ることを知るのです。話の中で、不思議なお爺さんは健一に次のように話します。

人間の心の中のことは、ちゃんと顔にかいてある。顔を見せりゃ、その人間がどんな人間か、何を考えているかは、すっかりわかるもんだ。お前は生《き》一本のしんけんなところがよい。眼を見ればかくすことは出来ん。眼は心の窓だっていうことが西洋の本にある。その窓が二つも顔にあいておるのだもの。わかるはずじゃないかのう。

不思議なお爺さんの口を借りて、久留島先生の考えがそのまま語られているのではないでしょうか。「精神の充実した声」である目を働かせて「目の力」をつけるためには、自らの魂をきれいに磨く「自己修養」が必要です。いかに人と語るかを苦心した先生は、人と語ることにおいて最も大切なものに「人格」をあげました。「子どもの前に立って話す人は、話すそのことによって以前より変わっており、だんだんと聖められていく人でなければならない」という先生の言葉からもわかるように、久留島先生にとって口演童話は、人格を磨く自己修養につながる教育活動だったのです。

9

継続は力なり

わたくしは、家内も持ち、子どももできて、二度目にもう一度アメリカに行ってなんとか運命を打開しようと、こう思って家内に半年分の食費を渡しておいて、「これで何とか半年だけ食い繋げ」と。俺は半年向こうに行って何か一つ、新しい道を打開してくるから。というのは、関西学院に入った時の私の恩師がドクター・ウェンライトという人で、非常にわたくしをかわいがってくださった方なんです。それがアメリカに帰っておるから、セントルイスという町ですね。それに頼っていけば、よう「やって来い、やって来い」と言われていたから、なんとか新しい道が開けるだろうと。それで行ったところが、なかなか何ともできないんです。

もう、飯を一度食えば、直ちにこうガクッと懐が削られていく。これほど心細いことはないんですね。とうとうワシントンでね、私はホームシックにかかっちゃったんです。頭がフラフラしてね、それでこう、起きる勇気がない。で、三日か四日目です。ホテルの食堂に行けば、これは非常に取られますからね。外の一円飯屋に行くというと、安くていけるんだから。一円飯屋に行くと言うと、頭は割れるように痛い、熱はあるから、外には出られないでしょう。それでもう、三日もただ寝台に寝てじーっとこう、暗澹たる考えでおると、涙がジメジメジメジメ枕もとを濡らすんです。その時にヒョイッと窓から見ますとね、花屋が手押し車に花を一杯のせて、人道をこう歩いておるんです。窓から見ると真下に見える。それに菊がいっぱいあるんです。アメリカ人は一括りに大きい花が一輪ついているのを喜ぶんですな。小さい花の束などはあまり喜ばない。大きなその菊の大輪の方が盛り上がる。それを見ると私はたまらなくなって、四階の部屋からフラフラしながら降りて行って、それを五・六本買ったんですな。そうしてわたくしは、それを自分の部屋に持って帰るのと同時に、それを抱きしめて、その菊の花の中に顔を押し付けて、ホロホロホロホロ泣いたんです。これほど懐かしい日本の匂いのしたことはない。

日本の匂いと言うか、とにかく菊そのものが、なんだかこう日本のような気がしたんですな。そんでもう寝台の布団の中で布団を被ってね、菊を抱きしめて、もし菊の精霊があればわたくしに接吻でもしたかもしれんけれども、もう散々泣いた。そこへヒョッとやってきたのがね、トーマス・クックという旅行会社がある。その旅行会社の、世話をやいて何かと言うと、わたしがぶらっとそこへ行くと話せる老人ら。年配の頭の毛が真っ白な感じ。それが遊びにやってきたんだ。「お前ちっとも顔見せないじゃないか。病気か?」「俺はもう起きる精がなくなった」「どうしたんだ?」「せっかく志を立てて、アメリカに来て何か打開しようかと思ったけれども、一切真っ暗なんだ。起きる勇気もなくなった」と。(中略)そうするとね、彼が「君ね」といって、「人間の持っておる力と言うものは、三つある」と、こういうんです。「なんだい、どんな力だい?」「第一は、金の力だ。金があればどんなぼんくらでも仕事をする。が、この力は君も俺もないな」その通りだと。金の力はないんだ。

「もう一つ力があるんだ」「なんだ?」「地位・身分の力だ。銀行頭取の息子に生まれたとか、金持ちのせがれに生まれたとか、家がいいとか、一身分の力だ。これも非常に大きい力だが、君も俺もその力はないな」というから「その通り」だと。「第三の力だ。これは、俺もお前も持っているぜ」と、こういうんです。「それは何だ?」と。「それは考えだ。思想は力なりと言う言葉がある。考えはね、ダメだと思ったら非常な大きい力を表す。ダメなことばっかり教えてくれる。が、何とかなるだろうと思ったら、なんとかなることをまた教えてくれる。この考えは自分が自由にこさえるものだから、お前なぜ自分で何とかなると考えないんだ?」と、こういうんです。「何とかなるだろうと思ったって、なりようがないじゃないか」「それがいけないんだ。それがお前を引きずり落とす。なんとかなると考えてみろ。思想は力なり。これは人がくれるものでもなければ、人が作るものでもない。自分が作るものだ。そうしてみると、明るい方へ、明るい方へと、自然にそういう方法も見つかってくるんだ」

それを聞いてね、僕の頭の中が非常に明るくなったような気がし始めたんだ。「そうだな。そういえば、自分の考えが自分をやはり開いていくんだな」「そうなんだよ。これほど力の強いものはない。人から借りた考えじゃないんだから。自分が自由に使える考えなんだから。わかったか。考えは力なり」これがわたくしを転換させた。それから努めて暗い方、できそうにもない方は振り切るようにして、なんとかなるだろう、ああしたら何とかなるだろう、あの人と会ったら何とかなるんではないか。と考えるようになって、思うようにはいかなかったが、とにかくそれから三・四ヶ月のうちには帰る旅費もできて、行った甲斐があるような具合で帰ってきた。

それから私は日本に帰ってから、思想は勢力なり、考えは力なりと言う標語をこさえて、持っとったんだ。それがね、もうどのくらい続きましたかな、友達から何か聞かれたり、あるいは青年諸君にあった時などは「思想は力なり」と、「これは自分が自由に作れるものだから、いい方を考えろ、明るい方を考えろ」と言っておるうちに、時々「はあ、この男がもう少し辛抱したらなあ、いいところに行くようになっとったのに。あいつはやめて帰った。あるいは、捨てて方向転換をやった。日本人は気の早いのが多くて、継続するやつが実に少ない」と。こう思ってから、どんなに良い思想を持っておっても、継続しない思想は役に立たない。ここで、「継続は力なり」と言う標語に変えたんです。それからわたくし自らも続けて行こうということと同時に、友達にも「継続は力なり」という標語をずいぶんよくたくさん、わたくしの同志、あるいは後輩、またいろいろの方々から何か書いてくれと言われたら「継続は力なり」と書いたのが、今日思いもかけないところで、思いもかけない人から「私は先生の言葉を聞いて、実にそのおかげで今日までいたしました」と感謝を受けた。これはわたくしが今日まで、「継続は力なり」、これはまあ八十、わたくしが一番継続した、一番大きいものです。

（「継続は力なり」久留島武彦記念館所蔵口演肉声）

これは久留島先生を囲んだ座談会の肉声を活字にしたものです。明治四十四（一九一一）年、自費によるアメリカ旅行を決行した久留島先生は、ボーイスカウト活動を視察し、当時アメリカで旋風を巻き起こしていたモンテッソーリ教育の教具一式を日本に初めて持ち帰ったと同時に、「思想は力なり」という言葉も持ち帰りました。しかし、どんなに良い考えを持っていても、継続しなければ意味がないということに気が付き、それから「継続は力なり」を自分の座右の銘にして人々にも伝えるようになりました。

久留島先生に師事した内山憲尚（一八九九〜一九七九、聖美幼稚園園長、日本童話協会常任理事歴任）は、次のように回顧しています。

「継続は力なり、この言葉は先生のモットーであり、揮毫《きごう》を願うとよくこの言葉を書いてくださった。新しい仕事を相談に上ると、必ずこの言葉をもって激励してくださった。先生のお仕事を見ると実に、この金言をそのまま実現されていることを知るのである。長い間の童話生活、それは正に継続は力なりの生きた証拠であり、見本である。先生において継続の力の上にさらに二つの大いなる力が加えられているのである。一つは先生の努力である。先生は今日に到るまで、手帳と鉛筆とを手から離したことがない。会合の時に誰かの言った言葉の一節をノートしていることは常に目撃するところである。それに常に読書を通して新しい知識を求められることである。それから今一つの力は、先生の体力である。すなわち精力である。私が子どもの時に「海に光る壺」を聞いた時も今日と殆ど変わりがないくらいお元気である。先生の足跡は日本全国いたらないところはなかろう。いや全世界におよんでいる。天下の子どもにして先生のお話を聞かないものはほとんどなかろうと思う」

（『いぬはりこ』家の教育社、昭和十一年）

久留島先生は「継続は力なり」という言葉を生みだしただけでなく、この言葉を自分の身を以て実践しました。六十年も語りの道を貫いたその生き方は、私たちに希望や勇気、「もう一度頑張ってみよう」というやる気を呼び起こさせてくれます。

10

チャンスはハゲおやじ

久留島先生は晩年の講演でよく「チャンス」について話しました。ギリシャ神話でチャンスを意味する神・カイロス。その特徴的な姿から生まれた、「チャンスの神様は前髪しかない」という諺を、久留島先生は「チャンスはハゲおやじ」というふうに話しました。チャンスというおやじは、前髪が長くて後ろ頭はツルツル。目の前に来たところをすぐ掴まえなければ、ツルツルの後ろ頭は絶対に掴めません。そう、チャンスは常に準備された人にのみやってくる来客なのです。こういう話を先生は全国の子ども達に語り歩きました。

久留島先生からこの「チャンス」のお話を聞いたことを覚えている方がいました。大分県玖珠町在住の衛藤登美恵さん（一九四三年生まれ）です。

卒業間近の大変寒かった昭和三十五（一九六〇）年のある日、森高校の木造の古い講堂に五百人以上の全校生徒が集合して先生のお話を聞いたといいます。ウィリアムテルの話でしたが、その話よりも、その中で語られた「チャンス」のことがとても心に響いて、今でもはっきり覚えているということでした。

「人は誰しも運命を変えるようなチャンス（出会い）が、一生のうち一度や二度は訪れる。チャンスがやって来たら逃さずしっかりつかみなさい、後でふり返ってあの時がチャンスだったのかと思ってももう遅い」という内容だったそうです。

お話の後、久留島先生は「私が皆さんにお話するのは、これが最後です」と言われたそうです。そしてその年の六月二十七日、先生はこの世を去りました。たくさんのチャンスをつかんできた久留島先生だったからこそ、故郷の後輩達に最晩年までこの言葉を伝えたかったのではないでしょうか。

ご挨拶を申し上げます。久留島であります。今日の話の演目はチャンス。これは、西洋流に言った言葉でありまして、東洋流に言えば風雲の変と、こう言うんでありますす。何となくこの方が大きい、偉そうに思われる。一朝風雲に際会せば手に唾して立つべし。「さあ、これがおれの立つべき時だ」と手に唾を吐きかけて、「さあやるぞ」と言って立ちあがる。これが東洋流に昔から言われた運命の転換期でありますす。ところが、西洋流に言いますとチャンス。なんと手軽い。チャンスというとどっかそこいらの乗合自動車の車の近所にでも転がってありゃせんかしらと思うようである。(中略)

みなさん、西洋人は、「運命の神様は前の頭に毛があるが、後ろ頭はハゲたおやじだ」とこう言う。向かってくるときに見ると、前の頭に毛が生えておるから、こいつをひっ捕まえることは造作がない。ギュッとつかめば、すぐこれを押さえつけることができる。ところが、後ろ頭がハゲだから行き過ぎたときに「あ、あれが運命の神様だったか」と追っかけていくと、後ろ頭がつるつるのハゲだ。掴もうとすればするほど滑る。滑るから慌てれば慌てるほど運命の神様を向こうに押し退けていくのです。（中略）つくづく運命の神様というものはいつどこにやってきて人を訪ねるかわからん。なるほど。ぶつかった時が自分の運命。それを掴むか掴まないか。諸君、あなた方の運命は、今待ち構えてあなた方を待っとるんでありますよ。

（「チャンス」久留島武彦記念館所蔵口演肉声）

1

“明朗親和”
——西鉄の生みの親・村上巧児との絆

久留島先生は九歳の時、自宅と小学校が火災で焼失してしまい、母の実家（現・中津市諸町）に預けられ、殿町小学校（現・中津市立南部小学校）に転校しました。家が近所だったこともあり、村上家の四兄弟とは大変仲が良かったようです。三男の和三さんは、先生の声が母方のものだということを明かしながら、「先生独特のこの声が、我が中津のものであるかと思えば非常に愉快でまた大いなる誇りを感ずる」と、先生と一緒に遊んだ幼少年期の愉快な思い出話を書き残しています。

四男で生まれた村上巧児《むらかみこうじ》（一八七九〜一九六三）は、大分中学校を経て早稲田大学を卒業。その後、大阪毎日新聞社、三越呉服店を経て九州水力電気に入社、わずか十年で同社の取締役に就任しました。昭和五（一九三〇）年には九州電気軌道株式会社の専務として小倉に移住し、「明朗親和」を座右の銘にリーダーシップを発揮、その結果、小倉市の商工業界に尽くした功労が認められて小倉市初の「特別功労者」として表彰されました。

昭和七（一九三二）年には同社の創立二十五周年記念事業の一環として北九州小倉に「到津遊園《いとうづ》」を開園し、その際、竹馬の友である久留島先生を顧問として迎え、「子どもの健康と夢を活かすために自然の中で生きた教育をする」ことを目指しました。そのスローガンのもと、到津遊園では昭和十二（一九三七）年から久留島先生を初代学園長とした「夏期林間学園」が始まり、今に至っています。久留島先生は亡くなるまで、毎年欠かさず夏期林間学園で子どもたちにお話をしました。

村上巧児は昭和十（一九三五）年七月に九州電気軌道株式会社の第四代社長に就きましたが、戦火が徐々に激しくなっていく昭和十七（一九四二）年の九月、福岡県内の私鉄五社を合併し「西日本鉄道」を発足させ、初代会長に就任しました。熱烈な野球ファンでもあった村上巧児は、プロ野球日本選手権三連覇の輝かしい記録をもつ「西鉄ライオンズ」球団の生みの親でもあります。

昭和三十八（一九七三）年十二月十四日、中津に「村上巧児先生記念 童心会館」（九州初私立児童図書館と文化ホール）が建立された時は、「童心」で結ばれた二人の絆を物語るかのように、館内には久留島先生の直筆による「継続は力なり」がかかっていました。

※「村上巧児先生記念 童心会館」は、平成三十一（二〇一九）年四月十三日、「中津市村上記念童心館」（子育て支援センター）に生まれ変わりました。

コラム久留島武彦をめぐる人々

2

〝生きてるだけで丸もうけ〟

――別府観光の父・油屋熊八とのユニークな協力

日本初の女性バスガイドを考案したことで有名な油屋熊八《あぶらやくまはち》（一八六三～一九三五、亀の井旅館の創業者）は、戦後別府の観光開発に貢献し、温泉保養地である湯布院の礎を築いた実業家で、「生きてるだけで丸もうけ」という言葉でも知られています。

現在、別府駅の南口には、「子どもたちを愛したピカピカのおじさん」として油屋熊八の一際目立つ銅像（辻畑隆子作）が立っています。

別府には、原北陽発案で結成された「別府お伽倶楽部」がありました。原北陽の他、油屋熊八、宇都宮則綱《うつのみやのりつな》、梅田凡平《うめだぼんぺい》が中心となって活動し、大正十四（一九二五）年には、久留島先生を迎えて「アンデルセン没後五十年記念祭」を開催しました。

さらに、アイディアマンだった油屋熊八は、大正十五（一九二六）年八月、久留島先生が組織委員長兼野営長となった全日本ジャンボリー大会が大分県の飯田《はんだ》高原で開催されると、長者原《ちょうじゃばる》に「亀の井テントホテル」を開設して協力しました。また、昭和六（一九三一）年には、亀の井ホテル創業二十周年を記念し、手のひらの大きさを競うユニークなイベントを企画しました。久留島先生は大いに賛同し、快く審査員を承諾した上、多数の著名人に声をかけて大会に協力しました。

同年九月、久留島先生をはじめとして、江見水蔭（小説家）、吉田初三郎（鳥瞰図絵師）、松崎天民（作家）、長谷川伸（小説家）、平山蘆江（作家）、天野雉彦（口演童話家）、土屋元作（ジャーナリスト）、与謝野鉄幹・晶子（歌人）が別府入りし、褒状贈呈式や子どもの会が開かれました。大会後、文士一同は油屋熊八の案内で日田へ移動し、山水館に一泊して、三隈川べりの料亭水月で秋の夜の水郷情緒を味わいながら交流を深めました。

心を育てる名言
久留島武彦

教育に生きる10の言葉

1 子どもに魂を入れるのは身近な大人である

第二次世界大戦終盤の昭和二十（一九四五）年五月二十五日、口演のため奈良を訪れていた久留島先生は、東京の自宅と三十五年間経営した早蕨幼稚園が空襲で全焼したことを電報で知らされます。その後、福島県に疎開し、その地で終戦を迎えました。そして翌月の九月から、東大寺の長老・清水公照《しみずこうしょう》の世話で奈良市小川町の伝香寺に移り住む昭和二十四（一九四九）年まで、称名寺で生活しました。久留島先生はそこでも教育に対する情熱の火を絶やすことなく、寧楽《なら》女塾の顧問を引き受け、英語の指導にあたりました。

寧楽女塾で先生の指導を受け、昭和二十二年六月から二十三年八月にかけて先生の口演旅行にも随行した西野豊子（一九二四～二〇一五）は、四冊の手帳を通して先生の口演内容から聴衆の反応、会場の雰囲気まで克明に書き残しています。その記録によると、昭和二十三（一九四八）年七月六日、京都府舞鶴市にある桂林寺で開かれた講演会で、久留島先生は教育の重要性を語り、「子どもの時に入れた魂ほど抜け難いものはなく、子どもの時に据えられた礎ほど根強いものはない」と話し、「子どもに魂を入れるのは身近な大人である」という言葉を黒板に書きました。これはどういう意味でしょうか。誰もが知っている昔話で考えてみましょう。

「三びきのこぶた」という昔話があります。ある日、お母さんから「自分たちの家を建てなさい」と言われた三びきのこぶたは、旅に出かけます。ワラをたくさん持った男に出会った一番目のこぶたは、そのワラをもらって、家を作りました。そこへお腹をすかせた狼がやってきます。「フーノプーノブゥゥゥー」と、狼の一息でこぶたの隠れるワラの家は吹き飛ばされてしまいました。二番目のこぶたは、木の枝をたくさん持った男に出会い、その木の枝をもらって、家を作りました。しかしここにも狼がやってきて、木の枝の家は吹き飛ばされてしまいます。三番目のこぶたは、レンガをたくさん持った男に出会い、そのレンガをもらって、家を作りました。ここにも狼はやってきましたが、いくら息を吹いても、レンガの家は壊れませんでした。

親から離れて家を作るということは、どういうことでしょうか。それはまさしく自立すること、自我を形成するということを意味します。自立の道を歩みはじめた三びきのこぶたは、それぞれ、ワラを持った男と、木の枝を持った男と、レンガを持った男に出会います。もし、一番目と二番目のこぶたが、レンガを持った男に出会えたのであれば、壊れない安全な家が作れたはずです。つまり、自立に向けた強固な自我が作れたはずです。しかし、こぶたには選択肢がありませんでした。出会ったのがたまたま、ワラを持った男だったり、木の枝を持った男だったからです。

この三びきのこぶたを、生まれてくる子どもに置きかえてみましょう。三人の男は、その子どもが生まれて初めて出会う親、もしくは身近な大人です。ワラや木の枝やレンガは、親もしくは身近な大人から与えられる、生きていくために必要な知識であり、考え方やものの見方といえます。人生で遭遇する様々な災難を狼と考えると、場当たり的な考えを持って、楽して生きたいと思う親に出会った子どもは、どういう自我を形成するでしょうか。連日ニュースで話題になっている児童虐待問題の多くは、未熟な大人による子育てが原因と考えられています。しかし、実際は出口のない子育ての悩みによることが多いかもしれません。情報のあふれる現代社会では、情報が多いがゆえに、逆に迷ってしまうことも多いと思われます。子育ての最終目的は、子どもがお金持ちになることでも、有名になることでもないはずです。自らが選んだ人生を幸せに送ることこそが、親の願いだと思います。そのためには、子どもが揺るぎない自我を確立すること、つまり生き抜く力を身に付けるように育てることです。子どもに何かを求める前に、自分は子どもに何を渡せる大人なのかを考えてみましょう。ワラですか、木の枝ですか、それともレンガですか。

2

子どもの間違った言葉を笑うのは罪深い

子どもの間違った言葉を面白半分で真似してはいけません。保育するということは感応《かんのう》するということです。人に通じることによって子どもの知識は広がります。幼児期の後に言葉を言わなくなる子どもがいます。言葉の言い間違いを笑われた子どもは「吃音症《きつおんしょう》」になることもあります。子どもの間違った言葉を笑うのは、実に罪深いことなのです。

これは、昭和二十三（一九四八）年五月五日のこどもの日、夜八時から奈良の称名寺で開かれた講演会で、「伸びて行く知恵に役立つ言葉について」という演題のもと、久留島先生が話した内容です。

「百聞は一見にしかず」ということわざがありますが、それに対して久留島先生は、「一聞は百見を証明する」という新造語を創り上げました。目は直観、速断を与えやすいですが、耳は容易にものの全貌をつかませてくれません。百聞してようやくその一端が分かるぐらいなので、理解するためには努力が必要ですし、自分の思考の力を大いに発揮しなければなりません。つまり、耳には常に「考える」という働きが伴うのです。「聞く」ということが、いかに人間を人間らしくするために根本的に大事なことなのかを考えさせてくれます。耳から入ったものは、人間を考えさせます。「百聞は一見にしかず」と速断して、聞いて考える習慣を無くしてしまうことほど危険なことはありません。聞くことによって得られる「考える力」が、百見を意味あるものとして理解することを可能にするのです。

子どもは何事にも聞き耳を立てます。聞きたがり、聞くことを喜びます。それとともに、聞いた言葉を必ず自分の声に出して復唱します。生活の中で、色んな場所で子どもが何かを一人でしゃべりながら遊んでいる姿を見かけたことがあると思います。それは重大な彼らの記憶法なのです。子どもばかりではありません。人間の最も簡単で徹底的な記憶法は、目からでも、耳からでもなく、口から声を出して復唱する方法です。この確実な記憶法を通して、子どもは満六歳まで一年平均二百語の新しい語彙を習得していきます。

ここで、気を付けなければならない、おそろしい落し穴が一つあります。それは、何にでも聞き耳を立てて、それをすぐに口に出してみる、この耳から口への伝達過程の中で子どもの聞き間違い、記憶違いによる「言い間違い」が発生するということです。それを聞いた大人は腹を抱えて笑い、または同じ言い間違いをしたと眉をしかめ、その間違えた言葉を子どもに繰り返して言わせてみたり、他人に伝えて笑いのネタにしたりすることがあります。これほどおそろしい、罪深いことはありません。

言葉を覚えて話し始める二歳前後の子どもにとって、自分の心を他人に伝えられると思える、言葉を使うという行為は真剣な問題です。自分の言葉を他人が分かってくれると思っているからこそ言葉が使えるのです。しかしそれを聞いた大人が声を上げて笑う、繰り返させて、また笑う、子どもにとってはその意味が分かりません。ここで子どもが感じる羞恥心は、一種の恐怖に近いのです。ものを言えば笑われる、これが怖いのです。その結果、言葉を言い出す前に警戒と恐怖の心が発声器官に足踏みをさせて、言葉をどもらせるようにするのです。これが吃音症《きつおんしょう》（言葉が円滑に話せない疾病や障害）の原因になることもあります。

それでは、子どもの言い間違いにはどのように接すればいいでしょうか。久留島先生が講演でよく取り上げていたエピソードを一つ紹介します。

ある日、久留島先生は口演旅行のため二日間幼稚園を留守にしました。戻った翌日、先生を見かけた園児が駆け寄ってきて聞きました。「先生、一つも二つもどこに行っていたの」すると久留島先生は、「先生は一つも二つも他所に行ってあなたと一緒にいなかったけど、これから三つも四つも一緒にいて遊んであげましょうね」と答えました。

子どもの間違った言葉を指摘したり正してあげたりするのではなく、子どもの目線で話し合い、子どもの言いたかったことが伝わったことを子ども本人にも分かるように話し合うことが大切です。幼児期の子どもと話す時に一番大事なことは、言葉や話材ではなく、子どもを信じて向かい合う「心」です。発育段階にある子どもは直感が鋭いので、大人が興味を持たず話をしたり、なんとかごまかそうとしたりしても話を聞いてはくれません。そのため子どもに接するときは、子どもに同化する純真な心が必要なのです。子どもを「教える対象」として見るのではなく、「一人の人格体」として、「ともに生きている人間」として認識しなければなりません。もし周りに言葉をどもってしまう子どもがいたら、しっかりと見てあげてください。子どもの吃音症は大人の関心と愛情によって簡単に治せる場合が多いです。

一人の人間が一生に使う言葉の四分の一は幼児期に習得するといわれています。子どもの習得する言葉は、環境に左右されるものです。そこから久留島先生は、子どもに関わる大人は読書の習慣を身につけ、教養を高めるべきだといいました。今夜は一時間だけスマホを別の部屋に置いて、本を読んでみませんか。

3

子どもに話す言葉は、イージー・シンプル・ストレートに

昭和三（一九二八）年五月、日本童話協会（大正十一年創立）は久留島先生を招き、三日間にわたって童話の話し方、いわゆる童話術について講演をしてもらいました。約二百名の聴講者に多大な感激を与えたというその講演内容は、筆録され、同年九月に『童話術講話』という題で出版されました。その中で、久留島先生は子どもに話す言葉について、次のように語っています。

子どもに話す言葉は簡単であるということは、これは当然のことであります。むしろそこに三つの性質を持たなければならないと思う。それは言葉そのものが簡単であること、いわゆるまわりくどくない、それと同時に、その意味も直截《ちょくせつ》であること、直ちにそれと合点の行く直截、それと明快、この三つであります。簡単、直截、明確、明らかに確かという方がよかろうと思う。この三つを備えるということが、言葉そのものにも言葉の取り扱いにも必要だと思います。ところが大人になりますとこれが違う、やや複雑な高い趣味の、行ったり来たりするような言葉の扱い方、いわゆる言葉の綾であります。いろいろに組み合わされて、抜けつ、くぐりつする間に、そこはかとなく意味を語らせるというようなことが非常に面白いけれども、これは子どもには禁物であります。

例えて言ってみますと、鉄ちゃんは浅草に行きたい、みっちゃんが誘ってくれたけれども、鉄ちゃんは留守の間は出てはいけないといわれたから、行ったら叱られる、行ってみたいと思ってみたが、行ってはどうも気がすまぬような気がする、みっちゃんはしきりに行こう行こうと言いますから、それならばちょっと待ってくださいと鉄ちゃんはお家を閉めて行きますと言って、みっちゃんと出て行きました。

一体みっちゃんと鉄ちゃんは行ったのか帰って来たのか、行って帰って来たのか、それとも何べんも行って来たのか、子どもには分からない。行ってみたいとは思うが、お母さんがいないうちに行ってはいけないと言われたから、行くまいと思ったが、誘われてみると行ってもみたい。子どもはどちらに解釈していいか分かりません。話し上手になると一般の先生方が言われるのはこれであります。子どもの心がその間に色々たじろぐ、躊躇する、どうやらこうやら言葉はまとめて意味をこしらえるのでありますが、聞いている子どもは差し向きに迷惑を感じます。はっきり与えられたと思うことが与えられていない、この意味からいうと、ごく簡単でありたい、直ちに語らしむる直截な言葉でありたい、はっきりと他に混線しない明確な言葉でありたい。簡単、直截、明確であります。

（『童話術講話』日本青少年文化センター、昭和四十八年）

久留島先生の長女・福子が京橋の朝海幼稚園に通っていた時、こういうことがありました。幼稚園から帰ってきた福子は大きな声で言いました。「お父さま、明日は兵隊ちゃんがお尻をまくった日だからお休みなんだ」「ちょっとおいで。先生が何とおっしゃった？」と確かめると、「先生がね、今日ね、明日は兵隊ちゃんがお尻をまくった日だからお休みだと言ったの」「そうか、そうおっしゃったに違いない。じゃ、その通りここに書いて、これをお手紙にするから、これを幼稚園に持って行って先生に渡してちょうだいね」

翌々日、福子はニコニコしながら幼稚園から帰ってきました。手には先生からの手紙を持っています。その手紙には、「誠に恐れ入りました。こちらは、こう申したのであります。明日はお国のために兵隊さんがお死になさった日だからお休みだ」と書いてありました。

幼稚園の先生が使われた言葉は、正しい、きれいな標準語でした。しかし子どもの持っている声の中に、言葉の響きの中には、「お国のため」という言葉は持ち合わせていませんでした。子どもにはそれを解釈する基礎知識がなかったのです。「お死になさった」という言葉も同じです。自分が持っていない語彙に対する子どもの対処方法は二つ。「分からない言葉は捨てる」ということがまず一つです。分からない言葉を捨ててしまったらどうなるか、子どもはそんなことは考えません。それで、「お国のため」という言葉を捨てました。二つ目は、「自分の持っている言葉で解釈する」ということです。「お死になさった」という言葉を自分の持っている言葉の中で解釈する、それが「お尻をまくった」でした。普段、「お尻をまくってお嬢さんが恥ずかしいじゃないか」とよく言われていたので、この言葉を持っていたわけです。響きの混線です。このように混線しやすい、言葉の数の少ない子どもに話をするときは、言葉を選ぶということを第一に考えなければなりません。そして、その選んだ言葉を、簡単、直截、明確に——、つまりはイージー、シンプル、ストレートに話すことを心がけましょう。

4

子どもの手は牛の鼻

子どもの手は、牛の鼻によく似ています。これは子どもの扱い方を意味します。アメリカで名高いハリソンという女性の教育者が、汽車の旅をしていた時の話です。乗り合わせたお母さんが、これから寝台に入ろうと言う女の子に寝巻を着せ替えるのに困っているのを見ました。子どもはしきりにだだをこね、寝巻に着替えるのをいやがっています。お母さんは真っ赤になって着せようとします。子どもは泣き、お母さんは怒り、大騒ぎをしているのを見たハリソン女史は、「ちょっとそのお子さんを貸してください」と、子どもを抱き上げました。「いい子だ、いい子だ、ちょっとおばさんのおひざにおいで、面白いお話をしてあげるから」とハリソン女史はその子どもを借り受け、自分の膝の上にのせて、指の話をはじめました。子どもの小さい指を一本一本折りながら、「これが一番大きいお兄さん、これが次のお姉さん、これが二番目のお兄さん、これがまた二番目のお姉さん、これが一番小さいから赤ちゃんだよ」と語り聞かせました。「段々日が暮れて暗くなると、みんなこの指の子どもは眠くなって、おねんねをしてしまいました」と、指を折りながら「さあ、この子どもたちがよくおねんねできるように、歌を歌ってやりましょうね」と、ハリソン女史は子守唄を歌い始めました。子どもは面白くなって、一緒に歌を歌っているうちに、ハリソン女史は「さあ、指の子どもは皆よくおねんねができたようだから、お目を覚まさせないように、そっとお嬢ちゃんはお洋服を脱げますか」と聞くと、しっかり指を握ったまま、「できるよ」という。女史はにっこり笑って、「ではそーっと指の目を覚まさせないように、お手を袖から脱いでください」というと、子どもは一生懸命にぎった指先を見つめながら、今まで脱ぐのを嫌がっていた洋服の袖から、そっと手先を引き入れて、静かに片手をぬきとり、女史の顔を見てにっこり。女史は目でほめ、手で押さえて、「静かに、静かに、指の子どもの目が覚めるよ。それが脱げたら今度はこちらの袖に通してご覧なさい」と、寝巻の袖口をトンネルにして見せました。

こうして寝巻に着替えさせた子どもを、ハリソン女史は膝の上に抱きながら、「さあ、指の子どもたちがもっともっとよく眠るように、一緒に歌ってやりましょう」と、静かに子守歌を歌っておりますと、子どもはいつの間にか、片手には小さい五本の指を握りしめたまま、ぐっすりと寝てしまいました。これをそばで見ていたお母さんは、すっかり感心してしまって、自分の子どもでも言うことを聞かないのに、どうして初めて会った子どもをそんなに思うように言うことを聞かせられますかと、ひどく感心したという話があります。

これが牛の鼻です。どんなに力の強い人でも、角を捕まえて牛を勝手に扱うことは難しいですが、鼻に鼻輪を通してしまえば、どんなに強情な牛でも自由にコントロールすることができます。馬もまた同じで、どんなに疳の高い馬でも、その口に手綱をつけられては、騎手の自由に任せるより他仕方ありません。要するに、子どもを活かすことは、手を活かすことです。子どもを自由にすることは、その手を自由に扱うことです。子どもの頭は子どもながらに理解もあり、考えもあって、静かにしなければならないということも知っていれば、人の髪の毛を引っ張ることはよくないことも分かっています。しかし、手は全く反対に、静かにしているつもりでもじっとしておれず、自分の前にぶら下がった物があれば、それが前の子どもの洋服であろうが、髪の毛だろうが、ちょっと引っ張ってみたいのです。頭と手、子どもには常にこの二つが同時に働いていることを忘れてはなりません。それで、子どもの取扱いについては、頭よりもまず、手に注意することが必要です。何か手に働く物を与えることは何より大事なことであろうと思います。これが玩具を必要とするところです。手に玩具をもっている子どもがいたずらっ子になることは、断じて無いといってもいいと思います。

子どもが小さいからといって、小さい豆本、豆人形といった小さな玩具や物を与える傾向があるが、これは間違いです。ほんの指先で摘まんで持つような玩具には、心の働きにも体の働きにも、全く力というものを要しないからです。重みを感じ、大きさを覚え、かなり考えないとできないことをさせると、手が動くだけ、その満足の度合いも大きくなります。変化のある物、寸法の大きい物、重みのある物を与えて遊ばせると、子どもは半日も一日も飽きず遊ぶのです。

(「牛の鼻、馬の口、子供の手」『婦人画報』一二七号、大正五年)

久留島先生は、幼児期の子どもの手を牛の鼻に例えて、幼児期の子どもへの接し方を面白く説明しました。離乳がほぼ終了し歩行が自由になって急激な言語獲得がはじまった時期から小学校に入学するまでの時期を幼児期といいます。この時期には、食事、睡眠、排泄、着脱衣、清潔などの基本的な生活習慣を身につけると同時に、人との関わり方やものとの関わり方など、社会的な生活習慣にいたるまでのいっさいの行動習慣が形成されていく時期です。人間の生き方の基礎が形成される時期なのです。

特に一歳から三歳までの子どもは、手根骨の発達にともなって手の骨格ができあがり、三本の指がうまく使えるようになります。巧みに動かせるようになった手を使ってみたい、全ての物事が好奇心を刺激し、何でも自分の手で触ってみたい強烈な衝動にかられます。大人からは単なるいたずらに思われる子どもの手の動きが、実は重要な発育の段階だったのです。久留島先生はこの幼児期の子どもの手に注目しました。牛の鼻に輪を通しておけば牛を上手くコントロールできるように、子どもの手におもちゃ（特に大きくて重みのあるもの）を持たせていれば、または、子どもの手を上手く扱うことができれば、子どもを容易に言い聞かせられるということです。

幼児期の子どもに接する際は、「子どもの手は牛の鼻」と言った久留島先生の言葉を思い出して、手を使わせる遊びを取り入れてみてはいかがでしょうか。

5

子どもと共に歌う母たれ

日本の家庭は音楽趣味が少ないと思います。子どもほど歌うものはありません。子どもほど踊るものはありません。少し機嫌がよくなると、すぐに言葉が旋律的になり、動作が舞踏的になります。活発な子どもほどそうです。子どもの言葉は感情の分量によって、いつか歌となり、その歌がいつか言葉となります。感情の分量とはどんなことかと申しますと、あ~面白いとか、あ~不思議だとか、大きいとか小さいとか、びっくりしたとか、すべてのことに対する感情の分量が高まって来れば来るほど、多くなって来れば来るほど、言葉は歌になり、調子づいて旋律的になって来るのでありまして、これが反対に、その分量が少なくなり低くなれば、歌がいつか言葉になるのでございます。

純潔無垢な感情、常にそれを包もうとも隠そうともしない天真爛漫の感情を、最も多量に最も高く顕すのは、子どもがお母さんに接する時です。その感情を取り扱うことが、ことに幼児期における母親の最も大切な職務であり、この扱い方によって大切な子どもが歪みもすればねじけもする。また美しく伸びもすれば素直に快く発達を見せるものでもあることを考えますと、いかに子どもに対する歌の問題が大切であるかがおわかりになるでしょう。したがって子どもの歌、子どもに歌わせること、子どもに歌って聞かせること、子どもと共に歌って子どもの感情と同化し、その分量や高まりにつれて共鳴してあげるということは、家庭教育の上にどれほど深く、大きい、また大切なことか計り知れません。

私は切に世の母親方に、今少し子どもの歌というものについて考えを向けていただきたいことをお願い申しておきたいのと、さらに進んでは、子どもと共に日々歌ってくださるお母さんになることを、家庭教育の効果の上からも祈ってやまないものであります。子どもを厳しく躾《しつけ》る家庭からは、折々不良少年少女が顕れることが珍しくありませんが、子どもと共に歌うことを忘れないお母さんの膝元からは、決してそのような子どもが顕れることはありません。

「子供と共に歌ふ母たれ」（『婦人画報』一三三号、大正六年）

令和元年は、久留島先生の生誕百四十五周年と六十回忌、くるしま童話名作選シリーズ完結、日本童話祭七十周年と、いくつもの節目が重なる年でした。それを記念して久留島武彦記念館では、「久留島武彦童話賞」と題した子ども創作童話コンクールを開催しました。応募された作品の一つに、「わたしの ゆめが どうぶつだったら」という作品がありました。

「ゆめのなかって たのしいな。なりたい どうぶつに なんでもなれる。今日は うさぎになってみよう。うさぎになって かわいがられたいな。おそとで ぴょんぴょんは ねたいな。かえると いっしょに とびたいな。ちきゅうの うえまで とびたいな。おつきさままで とびたいな」

とてもリズム感あふれる文章でテンポよく書かれており、歌うように一気に読ませる作品でした。学年や名前などを隠した選考が終ってから作者を確認すると、その作品は小学校一年生の松岡美和さん（東飯田小学校）によるものでした。「子どもの言葉ほど歌になりやすいものはない」と言った久留島先生の言葉を、まさしく子どもの綴った作品を通して実感しました。

久留島先生は自ら経営した早蕨幼稚園でも「歌」の要素を幼児教育に多く取り入れていました。たとえば、早蕨幼稚園では、園児を保育士の弾くピアノに合わせて歩かせました。曲が勇ましく、華やかになれば、だまっていても子どもは歩幅をとって威張って歩く。音が低く、静かになると子どもは忍び足になる。ピアノの曲を急に高く早くすると子どもは駆け足をはじめ、揺らめくような曲を弾けば静かに止まったり進んだりと、ほとんど自由自在にピアノの音一つで子どもたちの動きを変えられたのです。幼児期からリズムに合わせて動く習慣を身につけておくことで、音楽によって自分の気持ちをコントロールすることを身につけられるのです。

幼稚園の園長として、久留島先生が保育士にいつもお願いしていたことが一つあります。それは、「小鳥のように楽しく歌い、子犬のように楽しく遊ぶこと」でした。久留島先生は「楽しく愉快に」ということを、保育の最も大切な要件と考えました。そのため、保育士には「もし不愉快なことがありましたら、遅刻をしてもよいから、園の門をくぐるまでに、不愉快の原因を取り除いて来てください。園の門をくぐる時には、愉快に笑っていてください」と頼んだといいます。この言葉を、幼稚園だけでなく、学校、会社など、人と関わるすべての「場」に入る際に思い出してください。みなさんは今朝、愉快な笑顔でその門をくぐりましたでしょうか。

6

子どもは砂場で育つ

砂場は作り方も簡単で値段も安く、子どもの想像のままに色んな遊びができるので、この上ない子どもの娯楽であると思います。これは庭のある家なら、畳一畳敷ぐらいの地面を丸太かレンガで囲んで、外から土の入らないようにして、底は砂利で固めて、その中に三十センチぐらいの深さで細かい砂をつめ、毎日水をまいて、砂に相当な湿気を持たせておきます。狭い家なら、箱の中に砂をつめて縁側の隅におきます。

この砂場で子どもを遊ばせますと、子どもは砂を色んな形にして遊びます。子どもに東京の地図のようなものを見せても、少しも興味を示しません。しかし、この砂場で東京の地図を作らせますと、隅田川は一筋深く土を掘って川の形にし、中央は一段と砂をとって実物に似させるという風に、夢中になって遊んでいるうちに、立体的な知識を養われるのです。この砂箱は家庭教育の上に重大な任務をつとめる娯楽ですから、家庭ではぜひ子どものために砂箱を一つずつ作っておく必要があろうと思います。

(「子供の一番喜ぶ唱歌と砂遊び」『婦人世界』十二巻四号、大正六年)

日本の幼稚園における砂場はアメリカの児童公園をその起源とし、明治三十年代半ば以降、大正十(一九二一)年頃まで急速に普及したとされます。文部省による昭和三十一(一九五六)年の幼稚園設置基準には、幼稚園に備えなければならない園具・教具の一つに「砂遊び場」が規定されていました。平成七(一九九五)年の設置基準改正で規定が大綱化されて、備えるべき具体的環境として砂遊び場は削除されましたが、併せて示された参考資料では、自然を活かした遊びの場を創り出すこと、シャベル・バケツ・ふるい等の用具を整備すること、既製の用具ばかりではなく多様な物の活用や工夫をすることが示され、園によって創意工夫のある砂遊びの環境整備が必要とされていることがうかがえます。

砂場は子どもが喜ぶ遊び場だけでなく、幼児教育における保育環境の一つとして研究されている分野でもあります。地学教育学や物理教育学、土木学の研究者は、それぞれ砂場遊びから子どもの科学性の芽生えを見出し、理科教育的環境としての意味合いや、土木教育の場としての可能性についても言及しています。

砂場でトンネルを一つ作ってみましょう。手にさらさらドロドロの感触を感じながら、力いっぱい砂を集め、固めてから丸く形を作ります。指でなぞって丁寧に砂を掘って穴を開けます。砂全体が崩れてしまうので、何度も何度も繰り返します。集中力とともに忍耐力が高まります。その間、立ったりしゃがんだり座ったりと、手はもちろんのこと体全体を動かしているうちに自然とバランス感覚が鍛えられます。なんでも創り出せるので遊び方は無限に広がります。新しいものを創り出す想像力が培われるのです。友達や親と一緒に遊ぶ場合は、砂の感触や目的意識、達成感などを共有することができます。また、話し合って役割を分担し、力を合わせて共同作業を行うので、協調性や社会性を学習することができます。

久留島先生は、明治四十三（一九一〇）年五月に開園した早蕨第一幼稚園と大正四（一九一五）年十月に開園した早蕨第二幼稚園に、室内と室外の二ヶ所ずつ砂場を設置し、幼児教育に砂遊びを取り入れました。そして、子どもの想像のままに色んな遊びができて、遊びの中で立体的な知識を養うことができる砂場を、家庭教育にも取り入れることをすすめました。

大人は一日の仕事から帰ってくると、肩書とか任務など一切の煩わしさを脱ぎ捨てて休むことができます。久留島先生は子どもにも生活の中でそのような空間が必要であることを指摘しました。「一坪でも一畳でもよい、ここならどんなに玩具を散らしても、泥を持ち込んでも、騒いでも決して干渉しない、決して怒らない場所を子どもに与えてほしい」という久留島先生の言葉に耳を傾け、「砂場」を家の中に作ってみてはいかがでしょうか。

7

子どもの心は人形で変わる

子どもは人形をいかに好むかよりも、いかに人形を愛するかということを、日本の家庭のお母さんお父さんたちに知ってもらいたいということは、私の常に考えるところであります。私はかつて西洋の子どもと日本の子どもとは、人形の取り扱い方に相違がある、西洋の子どもは自分の友達として人形を愛し、日本の子どもは玩具としてもてあそぶのではないかと考えていました。そこで各地の学校など、広い階級と範囲から、人形に関して、命名の由来、その印象、記憶などを調べてみました。その結果、私の考えは誤りであって、日本の子どもも人形を玩具扱いにせず、立派に友達としていることが分かりました。人形の扱い方は親の責任であることも知りました。子どもがすでにたくさん人形を持っているのに、お留守番のご褒美にと、出先でちょっと人形を買ってきて与えたりすることがあります。このような行動は、子どもの心を理解していない親が、人形をただ玩具としてしか見ていないために行うことです。

子どもは人形に名前をつけることが多いです。人形に名前をつけることで、子どもながらに友達に特別な心をよせていることが読みとれます。西洋の子どもは、人形を与えた人とか自分の好きな人の名前をよく人形の名前につけます。それに比べて日本の子どもは、「銀座でおばさんに買っていただいて電車で帰る途中、品川に来たら月が照らしていかにも気持ちがよかったから、澄ちゃんと名付けました」のように、自分の心持をとって人形の名前をつけることが多いことが調査で分かりました。

子どもが人形にどんな感情を持っているかということを考えなければなりません。子どもは人形を友達と考え、これより学び、その心を広めも、高めもするのであります。人の一生は友になる如く、子どもに良い友達を選ぶ意味で人形を選んで与えなければなりません。

（「良友を選ぶ意味で其人形を選びたい」『婦人週報』四巻九号、大正七年）

子どもは人形遊びを通して、情緒の安定をはかるとともに、人形と話しながら認知発達及び想像力を働かせ、同情心を養い、人間関係や社会性を覚えていきます。

明治三十六（一九〇三）年七月十五日、横浜市メソジスト教会で日本初の有料口演童話会を開催し、それから毎日のように子どもたちに口演童話を行った久留島先生は、子どもたちにお話を語り聞かせるためにはスキルだけではいけない、口演対象である子どもたちの心理を知らなければいけないと思い至りました。そこでまず、明治四十二（一九〇九）年から各地の幼稚園や学校を回って以下の内容で人形に対するアンケート調査を行いました。

1．人形に対して記憶に残ること

2．人形に命名したこと
3．人形に心の有無を考えたこと
4．破損した人形の処置について
（その他：5．人形を兄弟のように思うか　6．感覚のあるもののように思うか
7．同情をよせたものにどのように始末をつけるか　8．他にどういうことを感じるか　等）

五十六名から回答を得ましたが、その中で、「4．破損した人形の処置について」の答えが以下のようでした。

① 忘れるともなく忘れた（四名）
② そのままにして保存してある（五名）
③ 仕方なく捨てた（七名）
④ 妹に譲った（二名）

⑤　人に送った（一名）
⑥　川に流した（二名）
⑦　修繕した（三名）
⑧　埋葬した（四名）
⑨　未詳（二十八名）

久留島先生は、①から③までの回答を出した人は、人形に対して少しも哀れみの情を持っていないもの、⑥は迷信のために川に流したもの、⑦はいつまでも遊び相手としていてほしいという優しい心を一層深め、壊れた部分を修復してなお大切にするもの、⑧は人形をわが兄弟のように思い、深い愛情を持って接したものと解釈しました。ごく些細なことのように思われますが、実は子どもの心理状態が人形の処置によってよく分かるのです。人形は与えることよりもその扱い方や破損した後の処置の方がよほど大切なのです。

そこで久留島先生は、京都の法輪寺と北九州の到津遊園に、知恵袋を頭にのせて両手で支えている可愛い童顔の石像による人形塚を寄贈し、役目を終えた人形を供養していただくようにしました。京都の法輪寺における人形供養は、「人形感謝祭」という名で現在も毎年人形の日である十月十五日に行われています。北九州市の到津遊園にあった人形塚は平成十二（二〇〇〇）年大分県玖珠町に寄贈され、現在、久留島武彦記念館のそばにある旧久留島氏庭園に安置されています。

8

教訓のないおもちゃはおもちゃではない

玩具というものは、決して玩具そのもののためにあるものではない。また子どもに知識を与えるためばかりのものでもありません。知識と趣味とが両相まって初めて効果が得られるのであります。子どもが知識を身につけるによいと思って与えても、子どもの趣味に合わなければ何の意味もない。ただ新しいものを買って与えても、一時的な好奇心だけで接し、玩具に対して研究心とか同情心とかいうものをもつことはありません。一時は新しいもの、珍しいもの、不思議なものとしてそれが好奇心を満足させる間は楽しむかもしれませんが、すぐにそれに飽きてしまい、また他のものを求めるようになるのです。また子どもにあまり多くの玩具を与える必要はありません。かえって少ない方がよろしい。あまりたくさんの玩具を与えるのは、子どもの遊びにおける秩序というものがなくなり、移り気で飽きっぽくなり、集中力が損なわれます。子どもの年齢に適応した玩具を与えるというようなことがあるが、これなども当を得ないことと思います。三歳の子どもにはそれに適した玩具を選び、五歳の子どもにはそれに応じたものを与えるということは必要かもしれない、しかし、同じ三歳、五歳の子どもでも、その性質や境遇によって、また知識の発達具合によって、好むところも異なり、適不適ということがあります。

子どもの玩具を家庭で作って与えることが最も良い方法であります。子どもが赤ちゃんを背に負う真似がしてみたいといえば、母が布に綿を入れて作った人形を背負わしてやる。その瞬間、子どもは親の愛情というものを感じとります。売っているものを買えば何でもないかもしれませんが、父親が仕事から帰って来て忙しいなか、下手な大工の真似をして作った玩具を与えれば、子どもはそれを喜んで大事に思って、友達にも見せ、誇りに思うでしょう。

今日の進歩した色々の玩具は、子どもの健全な発育のためになるものが少なく、一時的に好奇心を引き出し、いたずらに子どもの発育を損なうものが多いような気がします。一度昔に帰ってみるのはいかがでしょうか。家庭において紙や木切れで玩具を手製にするところから、先ず始めなければならないと思います。よく聞くことですが、「子どもは研究心や好奇心の強い者ですから、壊すのは当たり前です」などと、はなはだ勘違いしたことを言う児童研究者気取りがいますが、それは一歩を知って二歩を知らぬものです。壊してもまた作り直せるもの、なれば、由緒のあるもの、危険がないもの、こうなると先ず原料から注意しなければならないです。木製、布製、セルロイド製（火に用心）、制作の程度は実用的なもの、色彩は子どもの好む色（赤、紫、黄など原色が良い）、できればその地方特有のもの、家庭で家族が子どもの年齢、趣味、性質などを考えてそれに適したものを作って与えるのが子どもの教育において最も良い結果が得られると思います。

一つの玩具の作り方を見ている子どもは、「もの」の値打ちというものは、その扱い方によって出て来るものであるということを深く脳裏に焼き付けます。親が自分のために作ってくれたと思うと、「もの」を大切にするという美しい心となるのです。もし、子どもが「もの」を大切にしなかったら、その機会を利用してものの価値、苦心ということを知らしめ、さらにものを持つ心得を教えることができるのです。

（「玩具の復古を断行せよ」『婦人画報』五十六号、明治四十四年）

久留島先生は、明治三十九（一九〇六）年三月に「お伽倶楽部」を立ち上げて児童文化事業を行う一方、師事していた巖谷《いわや》小波《さざなみ》が編集長を務めていた博文館のお伽講話部の主任を兼ねることになり、地方口演に出かける回数が多くなりました。地方を訪れるたびに郷土玩具を集めて、玩具の数が増えるにつれ玩具を通して地方の性格が分かるほどの眼識を持つようになりました。当時、「おもちゃ博士」と呼ばれていた清水《しみず》晴風《せいふう》とも交流を重ね、玩具研究会の「小児会」を組織しました。明治四十一（一九〇八）年に出かけた世界一周旅行の時も欧米の玩具を買い入れて持ち帰り、日本の玩具と比較研究を行いました。明治四十二（一九〇九）年から明治四十四

（一九一二）年まで久留島先生の最大関心事は玩具でした。

それでは当時久留島先生はどのような玩具論を語っていたのでしょうか。「教育と玩具」（『北陸タイムス』明治四十二年）と題した講演記録を見ると、「近来欧米の各国から巧妙な玩具が沢山輸入されている。これは値も張っているが品も中々よい。しかし舶来の物が必ずしもよいとは限らぬからいたずらに流行りを迎ふてハイカラぶるものでない」と、舶来玩具への無分別な受容を厳しく戒めていることがわかります。また、久留島先生は古くから日本にあるものを、家庭教育の材料として親か兄弟が愛情を持って作って与えることをすすめています。世界を見聞して、世界中の玩具を買い集めて日本に帰った久留島先生は、西洋のものの良し悪しではなく、西洋のものは少し趣が異なることを指摘し、日本固有のものの重要性と、家庭教育の材料として家族が子どもの年齢や趣味、性質などを考慮した上で玩具を作って与えることの大切さを熱く語っていたのです。モノ中心ではなく、おもちゃを媒体に子どもの環境を整えることが重要だという考え方でした。

9

子どもを疑うな、味方であれ

久留島先生が書いた「子どもを育てる十カ条」（原題「母親教育十箇條」『婦人世界』昭和六年）というものがあります。

◆いつも子どもの目を見てください。
◆子どもの遊びと友達をよく見てください。
◆子どもの言葉をリスペクトしてください。
◆疑いの目を持って子どもを見ないでください。

◆食事マナーを真面目に指導してください。
◆子どもの話を聞く時間を持ってください。
◆子どもの睡眠と寝室に細心の注意を払ってください。
◆子どもが外から帰って来ると大いに歓迎してください。
◆家庭では家族が一緒に楽しめる共通の遊びを作ってください。
◆どんな時でも子どもの心強い味方になってください。

これは久留島先生が伝える家庭内の育児における親の行動指針です。日常生活の中で、豊かな愛情表現を通して親と子どもの間に信頼関係を築くことが最も大切であることを久留島先生は伝えていたのだと思います。この中に「疑いの目を持って子どもを見ないでください」という言葉があります。これは、親と子どもが信頼関係を築く上で、まず第一に重要なことでしょう。

親が子どもを疑うということは、親が子どもを信頼していない証です。もし何か子どもが悪いことをしたかもしれないという可能性があるとき、「あなたがしたんじゃない?」と親から疑いの目を向けられた子どもは深く傷つきます。疑われた、つまり親に信頼されていないということに強く衝撃を受けるのです。そうなってしまった子どもは、親を信頼することができなくなります。こうしてお互いの信頼関係は崩れてしまうのです。子どもを疑わないことから、子育ては始まります。

また、現代社会では、スマートフォンやタブレット端末などの電子メディアの普及に伴い、子どもも小さい頃から電子メディアに接する機会が増えてきました。その中で、親が子どもの接するメディアに対して適度なフィルタリング(視聴の共有・統制)をしているほど、子どもの協調性や共感性が高いという統計がでています。子どもと同じものを共有して、見たものについて一緒に話すことが大切だと示しているのです。

久留島先生は「子どもを育てる十カ条」の最後に「どんな時でも子どもの心強い味方になってください」と書きました。子どもの触れるものを「あれもこれもダメ」では、また信頼関係にひびが入ってしまいます。子どもを疑わず味方でいる、その積み重ねによってこそ、子どもとの間には信頼関係が築かれるのです。

10

童話は人生最初の哲学書

世間にお伽話の執筆家はたくさんいる。第一、巌谷小波先生をはじめ、少年文学研究会の方々、その他各種の少年少女雑誌の幾千頁を毎月埋めていく人々は、みなお伽話の執筆家である。ただ話す人が無い、話してきかせる人が少ない。二、三年は話してくれる人もあるが、五、六年と続けて、子どもの膝の前の友だちになってくれる人は殆どいない。自分は今切実に、子どもの膝の前の友だちがほしいと思っている。

大人の見地からはお伽話は文芸の一つだろうが、子どもの立場からは、生活要素の主要なる一つである。彼らが環境に対する解釈、共鳴、思索、研究などの働きに対する真剣勝負の材料となるものであるからである。遊戯材料ではないのである。これは真剣勝負の材料であるだけ、自分は一層直接に、一層赤裸々に子どもたちに会いたいのである。語りたいのである。語ってこの目自らその反応するところを認めたいのである。これには筆は駄目である。これには口でなければならぬのである。この立場、この希望、この実際によって語ったのが自分のお伽話の大部分の成立であるのだから、これを筆にしたときには、その語った時、ところ、相手というものから全く引き離されてしまうので、自分が狙った半分も表すことができないのである。

（『お伽小槌』冨山房、大正六年）

久留島先生は童話の三大要素として「興味」、「夢」、「教え」をあげました。まず、子どもを作品の世界へ引き入れるためには、子どもの「興味」をひかせる作品であること。未知のもの、美しいものへの憧れと詩情で多感な感性を研《みが》ける「夢」を与えられる作品であること。それから、子どもの人生観にモラルや社会性や理性をもたらす「教え」のある作品であることを童話の三大要素として取り上げたのです。

それでは、子どもに童話を語り聞かせるときには、どのような作品を選べばよいのでしょうか。童話は、発育の段階にしたがって解釈の程度が異なります。これを久留島先生は五段階に分けて、次のように説明しました。

① 幼稚園から小学校一年生（韻律的時代）

この時期の話は何でも、全てのものが話材です。桐の葉が枝からひらひら風に揺られながら落ちていった、犬がなぜほえているか、あらゆるものが話です。宇宙万物すべてのものがこの時期の子どもには疑いです。怖れなのです。その問いかけに対して、一つひとつ話をしてあげることが望ましいです。

「お父さん、どうして桐の葉が落ちるの？」「桐が、おお寒い、ずいぶん、長い夏の間働いていて、子どもたちに木陰を作ってやった、もうお腹もすいたからちょっと休もう、ああくたびれた、枝からぱらっと落ちて、ひら、ひら、ひら、ああ、よい心地だ、ひら、ひら、ひら」これだけでよいのです。子どもが求めているものは、真理でもなければ筋でもない、言葉の響きなのです。その響きが子どもの感情的で純粋な心に響きます。

② 二年生から三年生（寓話愛好時期）

人間の頭の中には、原始時代の本能が残っています。その時代の生存本能が、その時代の身体の発育の現れが、この小学校二、三年頃に現れます。この時期の子どもたちの動物を見る目の鋭いこと、動物と親しむ、動物に近寄ろうとする考えの多いことには驚かざるを得ません。この時期には、動物について語らなければ喜ばない。また大人が驚くのは、虫や生物を見つける目の速いことです。我々の頭のなかには、五十万年前の力が働いているのです。子どもにはこの原始時代の生活そのものが働いています。

③ 三年生から四年生（童話時代）

この時期の子どもたちは、犬、猿、雉が出てくるような寓話では満足しません。ここで初めて登場するのが童話なのです。人間界中心の生活にあるもの、社会生活の範囲にあるものに興味をもちます。

④　四年生から五年生（実話時代＝伝説時代）

この時期になると、「お父さん、それは本当にあった話？」と聞かれることが多くなります。事実性を問われるのです。実際の話であるということが子どもの興味をそそります。この実話というのは、必ずしも事実でなければならないということではありません。実在するものに存在価値を生み出す話であればよいのです。簡単に言えば、伝説のお話です。例えば、地方に行くと、あの山の端に突き出た岩は何であああいうものが突き出ているか、その岩が話の種になります。実在する岩に話をつけることで存在価値を作るのです。

⑤　六年生から中学生まで

この時期は実在するものの話というだけでは満足しません。本当の話であって、特殊な話が聞きたい年頃です。その人一人が始めて挑戦し、成功した話、ほかの人もやることはできるけれども、その人だけがあえて挑戦したという冒険譚。人物が中心になる英雄談。この話の効果は、子どもたちの人格へ最も強く働きます。実話・伝説のお話は数多くあります。しかし、人格形成、克己忍耐を習得する大事な時期に、大きな困難に対して前向きに立ち向かっていくような姿勢を教えてくれるお話はどんなものがあるでしょうか？

久留島先生は子どもにとって童話は、文学であり、哲学であり、宗教であり、理念であるといいました。子どもたちは、実際に経験できないものを童話の中で見て、実際にそのような場面に出会ったときの対処法を覚えます。決して童話は子どもを笑わせるためだけのものではありません。童話は人生最初の哲学書なのです。子どもの発育段階に合わせて、真剣にお話を語り聞かせてみませんか。

3

“聡明とは、知恵を実践に応用し得る才能である”

——一緒に世界を歩き回った野村徳七

野村徳七《のむらとくしち》（一八七八～一九四五）は、野村財閥の創設者として、㈱野村銀行、野村證券㈱、満州野村證券㈱、野村南米農場などの直系二十二社に傍系十一社を経営した実業家です。「野村商店」という小さな両替商の二代目として證券業の道に入り、日露戦争、第一次世界大戦の相場で莫大な利益を得た後、㈱野村商店や野村銀行を設立し、證券界の巨人となりました。一代で野村財閥を築きあげた実業家ですが、趣味人としても知られ、茶道や能、謡曲などをたしなみました。茶道に入ってからは、茶道具、書画骨董にも趣味が深まり、そのコレクション約千五百点は、現在、野村徳七の別荘だった碧雲荘《へきうんそう》近くの野村美術館（京都市左京区）に収蔵され、一般公開されています。

世界一周旅行（明治四十一年、九十六日間）で出会って意気投合した久留島先生とは、南洋視察旅行（大正五年、七十日間）、北海道・樺太旅行（大正六年、四十二日間）などの長旅を共にしました。北海道の旅行では整備されていない道のため、馬による移動が多かったのですが、馬に慣れていなかった野村徳七は悪戦苦闘。東京に戻った翌日、久留島先生から馬をプレゼントされ、東京に滞在する間、毎日のように乗馬の練習をしました。それから大阪に帰ると碧雲荘の一郭に馬場を作って朝食前に馬に乗ることを日課にしました。弟の実三郎にも乗馬をすすめたところ、実三郎も乗馬が気に入って自宅の庭に馬場を作って稽古に励みましたが、不幸にも落馬して歩行不能になってしまいました。しかしそれ以降も、実三郎の長男・実が東京の慶応幼稚舎に入学すると、久留島先生のお宅に預けたり、久留島先生の長女・福子が結婚した際は野村徳七夫婦が仲人を務めたりするなど、二人の深い信頼関係は生涯にわたりました。

世界旅行を終えて日本に帰国した野村徳七は、海外からの情報を収集し、日本における證券業界の年鑑第一号となる『株式年鑑』を発刊して株主大衆化の啓蒙に努めた一方、久留島先生の指導のもと従業員教育に力を入れました。従業員には読書を奨励し、定期的に読書会を設けて知識の啓発をはかりました。長く続いた野村商店の読書会は、会社のビルが建った後は講堂が出来たため講演会にかわり、週二回、閉店後に全従業員を集めて講演会を開き、従業員の妻たちも定期的に集め、久留島先生による児童教育の講演を聞くようにしました。

野村徳七は、暇さえあれば必ず手にしている書物を開いて読む、読書家としての久留島先生の姿を書き残しています。また、久留島先生から、年末になると懐にお金はなくても書棚に増えた書物を眺めて今年はこれだけ財産が増えたというような手紙をもらったこともあったといいます。久留島先生に出会ってから、野村徳七は多忙の中でも数冊の書籍をかかえて、数日間は静かな場所で読書に専念する習慣を身に付けたといいます。

モンゴリア号に身を乗せて世界一周旅行に出かけた時、野村徳七は三十歳、久留島先生は三十四歳でした。二人の足跡を追いながら最も驚いたことは、二人の行動力です。野村徳七の「聡明とは知恵の総量の多きさを意味せず、自分の有する知恵を、より多く実践に応用し得る才能を指すものである」という言葉に出逢った時は、久留島先生の「身動かざれば心働かず」という言葉を思い出さずにはいられませんでした。人並みならぬ行動力を発揮するという点でも相通じる二人でしたが、筆まめの勉強家だったという点にも共通点を見出せます。世界を舞台に伸び伸びと動き回り、共に見聞を広め、共に成長した二人の巨人の出会いには、胸を躍らせる人間ドラマの下地が敷かれています。

4

“大自然の力の前に人の子はただ祈るべき”

――情熱の歌人・柳原白蓮と鍋を囲んで

柳原白蓮《やなぎわらびゃくれん》（一八八五〜一九六七）は、歌人、大正三大美人の一人、筑紫《つくし》の女王、白蓮事件という駆け落ち事件でも有名です。久留島先生が晩年残した手帳を解読し翻刻する作業の中で、一見何の接点もなさそうな二人の交流を確認することができました。昭和二十七（一九五二）年五月五日、大分県玖珠町で開かれた第三回日本童話祭に参加した久留島先生は、九日まで日田で過ごした後、十日、当時身を寄せていた奈良に戻ります。手帳によると、五月十日の夕方五時、柳原白蓮と細井夫人と共に若草鍋を食べたと記されています。

若草鍋とは、奈良の江戸三旅館の名物料理です。ほうれん草を土台にこんもり盛り付けるこの鍋を見た志賀直哉《しがなおや》（一八八三〜一九七一、小説家）が、新緑の若草山に擬えて「若草鍋《わかくさなべ》」と命名したそうです。戦後、奈良に在住していた久留島先生は、たびたびこの若草鍋を楽しんでいました。

久留島先生と白蓮、二人の交流は歴史の長いものです。明治三十九（一九〇六）年三月、久留島先生は少年少女の社会教育機関としてお伽倶楽部《とぎくらぶ》を立ち上げ、定例会を開いて口演童話、お伽芝居（児童演劇）、演奏、童謡、手品など、多彩なプログラムによる児童文化活動を展開していきます。その組織の会長を務めたのが白蓮の異母兄である柳原義光《やなぎわらよしみつ》（一八七六〜一九四六、華族・貴族院議員）でした。柳原義光をはじめ、久留島先生と白蓮は家族ぐるみの付き合いがあり、その交流は晩年まで続きました。

白蓮が東洋英和女学校に編入し、八歳年下の村岡花子（一八九三〜一九六八、児童文学者）と出会い、「花ちゃん」、「燁さま」と呼び合う腹心の友となって勉学に励んでいた頃、その学校にも当時名高かった久留島先生がやって来て口演童話を行ったといいます。その後、村岡花子は久留島先生に師事し、『赤毛のアン』を翻訳しながら、児童文学の道を進みます。一方、愛を貫き波乱万丈の人生を送ることとなった白蓮は、生涯歌を詠み続け、戦争で長男を亡くした後は「悲母の会」を結成し、平和活動に奔走しました。

奈良で若草鍋を囲んだ七十八歳の久留島先生と六十七歳の白蓮は、どんなお話を交わしたのでしょうか。

久留島武彦の教育哲学

人生を変えた一言　―児童教育へのめざめ―

大分中学校でアメリカからやってきたウェンライト先生に出会った十四歳の久留島少年は、先生の家に住み込み、日本の文化や言語に不慣れな先生夫妻の手伝いをしながら英語を学び、また熱心な信仰生活を送りました。雄大な自然環境に囲まれて生まれ育ったため、牛や馬を飼う牧畜業で成功することを目指していましたが、ウェンライト先生から言われた、「人間を育てる人になってください」という一言で「児童教育」という道を漠然ながら夢見るようになりました。

明治二十三（一八九〇）年の夏、大分中学校との二年契約が終わったウェンライト先生は神戸に創立された関西学院に移ることとなり、日頃可愛がっていた久留島少年に一緒に移ることを提案しました。それに応じて、大分中学校を卒業もせず関西学院に籍を移すことになります。

神戸では、土曜日と日曜日の夜、三宮神社前の街頭に立って伝道活動を行う一方、南メソジスト教会で日曜説教の前に開かれた神戸美以教会の日曜学校を任されて、八十人ほどの子どもを担当することになりました。アメリカ聖書会社や伝道会社が作成した絵本の『基督教一代記』を話材に紙芝居を試みたり、賛美歌の改良を主張したり、日曜学校用の歌を五・六編創作して学院で発行された印刷物に掲載したりと、積極的に活動をしました。このような生活の中で、初めて子どもに向き合うことになった久留島先生は、「子どもの遊び場が日当たりのよいところではない」、子ども達がまるで「捨てられた風の児」のようにおかれている状態に直面し、「生涯を通じて、子どものために、明るい健康な環境を与えることに、身を献げようと決心した」といいます。

大阪毎日新聞社に入社した後は、当紙における最初の子ども欄といえる「幼稚園」を「園長・尾上新兵衛」の筆名で担当し、そこに動物を主体とした絵入り話を連載しました。この頃からすでに関西学院時代から思い描いていた「子どものための場」として「幼稚園」を構想していたことが垣間見えるところです。

「桃太郎主義」を実現した早蕨幼稚園

久留島先生は明治四十三（一九一〇）年五月五日、東京市赤坂区青山穏田（現・東京都渋谷区神宮前）に私立早蕨幼稚園を開園しました。それは、世界一周旅行で出会った野村徳七《のむらとくしち》（一八七八～一九四五、野村財閥創設者）の支援によって実現したものでした。

『早蕨報』（大正十二年三月）には、「早蕨という名前は、陛下の御生母柳原二位局の御官名である早蕨の典侍の『早蕨』を戴いて附たのです。」と記されています。これは、久留島先生の妻であるミネ夫人が明治天皇の女官「早蕨の典侍《すけ》」の側女だったことに因します。早蕨幼稚園の元々の読みは「さわらみ」でしたが、漢字の「早蕨」が「さわらび」と発音されることから自然に「さわらび」になってしまいました。『お伽倶楽部』第二巻二号（明治四十五年二月）の園児募集には、「サワラミ幼稚園」とカタカナで表記されており、『お伽倶楽部』第二巻三号（明治四十五年三月）の園児募集にも「さらわみ幼稚園」と、ひらがなで表記されていることから、開園当初は「さわらみ」という読みを強調していた努力が見受けられます。

百坪の敷地に新しく建てられた四十坪の早蕨幼稚園の建物は、洒落た二階建てで、庭に入ると京都の友人から贈られた敷瓦が玄関までつながっていました。その敷瓦は、桃太郎のお話を連想させる桃や猿、犬などの可愛い絵入りの敷石になっていました。入口には「桃太郎主義」と書かれた巖谷小波の直筆による額がかかっていました。そして、保育室には、当時グラフィックデザイナーの先駆者として有名だった杉浦《すぎうら》非《ひ》水《すい》（一八七六～一九六五、多摩美術大学の初代学長）から贈られた絵が華やかに描かれていました。

久留島先生は早蕨幼稚園のことを「家庭の共同研究所」と標榜し自由参観を歓迎していたので、見学者や保育実習生が後を絶ちませんでした。年々入園希望者が増え、大正四（一九一五）年十月には、東京都代々木山谷（現・東京都渋谷区代々木四丁目十八付近）に「早蕨第二幼稚園」を開設し、古田誠一郎に任せました。

幼稚園を経営するにあたって、久留島先生は「桃太郎主義」という、巖谷小波が最初に提唱した児童教育観を掲げました。桃太郎が自分と異なる犬、猿、雉と仲良くなって力を合わせて困難を乗りこえていくように、互いの違い（個性）を認め合って、共に生きていこうという考え方でした。そしてそれを象徴する「いぬはりこ」のマークを制作し、園章にしました。園児はみんな胸元に「いぬはりこ」のバッジをつけて登園しました。

また、久留島先生は子どもの育成に携わる大人が子どもの年齢や趣味、性質を考慮し、古くから日本にある材料を用いて子どもに玩具を作って与えることをすすめる独自の玩具論も唱えました。モノ中心ではなく、玩具を媒体に子どもの環境を整えることが重要であるという考え方は、早蕨幼稚園という整備された環境で子どもの五感を刺激する情操教育の実践として具現化されました。空襲で全焼するまでの三十五年間に、太陽の塔で有名な岡本太郎《おかもとたろう》、女優の細川《ほそかわ》ちか子、作家の戸板康二《といたやすじ》、東京急行電鉄社長・会長の五島昇《ごとうのぼる》、株式会社津村順天堂（現・株式会社ツムラ）社長の津村重舎《つむらじゅうしゃ》、虎屋社長の黒川光朝《くろかわみつとも》など、各方面で輝く数多くの人材を育て上げました。

日本最古のモンテッソーリ教具

マリア・モンテッソーリ（Maria Montessori，一八七〇～一九五二）という名前のイタリア最初の女性医学博士によって考案されたモンテッソーリ教育とは、独自の教具を用いて学習支援を行う教育法です。明治四十二（一九〇九）年に「モンテッソーリ・メソッド」という体系化された教育方法が確立されて以来、世界各地に広まり、現在はユネスコの調査によって世界で最も影響力のある幼児教育法に位置付けられています。平成二十九（二〇一七）年の初夏、公式戦二十九連勝で日本列島を熱狂させた当時十四歳の天才将棋少年、藤井聡太さんのことは記憶に新しいかと思います。将棋の最年少プロ藤井棋士の並外れた記憶力と集中力を育てた原点としてモンテッソーリ教育が紹介されて話題になりました。

そのモンテッソーリ教育の教具を、日本に初めて持ち帰った人が久留島先生でした。現在長崎純心大学に所蔵されている日本最古のモンテッソーリ教具の木箱には、明治四十四（一九一一）年、久留島先生がアメリカから持ち帰ったことが書かれています。明治四十四（一九一一）年とは、『お伽倶楽部』誌を通してボーイスカウト運動を積極的かつ持続的に日本に紹介していた久留島先生が、アメリカ各地における児童関連事業とボーイスカウト運動について直接調べることを目標に、私費を投じてアメリカ視察旅行に出かけた年でした。

久留島先生がアメリカから持ち帰ったモンテッソーリ教具が当時の純心女子短期大学に託された経緯は次のようなものでした。長崎市内の稲佐《いなさ》幼稚園の園長だった松尾《まつお》利信《としのぶ》（一八九七〜一九八二）は、晩年純心女子短期大学で教鞭をとっていましたが、亡くなる前に、三種類のモンテッソーリ教具を純心女子短期大学に寄贈しました。当時幼稚園の経営を辞めるつもりでいた松尾利信は、開園当初から大切にしていた品の散逸を防ぐために寄贈したのでした。その後、稲佐幼稚園は息子である松尾陽一が継ぎ、散逸の心配は杞憂になったものの、教具はそのまま純心女子短期大学で保管することになりました。

長崎の県立図書館に勤めていた松尾利信は、大正八（一九一九）年に長崎県内の浄土宗の夏期講習会に招かれた久留島先生に初めて面会し、その数日後、先生の泊まっていた京都の宿所を訪ね、師事を請うたといいます。久留島先生への深い尊敬の思いがありありと伝わる松尾利信の言葉を紹介します。

当時私は所謂井の中の蛙式の童話を長崎に振り回していた時で、もし、先生にこの時救って頂かなかったなら今日の私としての存在はなかったであろうことをしみじみ考える時、先生の御恩の有難さを今更に深く味はさして戴いて居る。昭和二年の春であったが、私は幼稚園の開設のため上京、先生に教えを乞ふた際など、身にあまる御厚情を戴き、先生御夫妻で暇ある毎に種々御配慮下さり、貴重なる用品をも頂戴したのであるが、それは今だに私の園に保存して居る。昭和六年の春には、「家内が君の幼稚園を見たいというから行く」とて御夫妻でわざわざ長崎へ下向された事がある。

（『いぬはりこ』家の教育社、昭和十一年）

久留島先生のすすめで松尾利信は昭和二（一九二七）年に稲佐幼稚園を開園しましたが、開園にあたり、タカ子夫人と共に早蕨幼稚園に泊まり込みで一ヶ月間研修を受け、その際、モンテッソーリ教具数種類をもらいました。現在残っている三種類の教具の他にも、はめ込み円柱や触覚版、重量版などがあったといいます。長崎に戻って稲佐幼稚園を開園した松尾利信は、早蕨幼稚園と同じ「いぬはりこ」を園章にし、「桃太郎」の園歌を歌い、子どもたちにお話を語り聞かせる口演童話を積極的に取り入れるなど、久留島先生の桃太郎主義を受け継ぎました。

ちなみに、昭和六（一九三一）年に聖ヨハネ学園理事長兼園長に就任した古田誠一郎（一八九七～一九九二、大阪府高槻市長・日本ボーイスカウト大阪連盟初代理事長歴任）は、久留島先生から手渡され読み耽ったモンテッソーリの本に影響を受けて、自由な保育を目指す「保育学校」を造ったといいます。なお、日本モンテッソーリ協会の発起人（初代会長）であり、桂幼児教育研究所の創立者である鼓常良《つづみつねよし》（一八八七～一九八一）の夫人は、若い頃、久留島先生が経営した早蕨幼稚園で保母として勤めながら幼児教育を学んだ経歴を持ちます。モンテッソーリ教育の日本導入黎明期に、久留島先生はその最先端にいたのです。

スカウト教育とモンテッソーリ教育、そして平和への思い

久留島先生は『モンテッソーリ女史　教育の原理及実際』（今西嘉蔵、大同館、一九一四）を読んで、自分の幼稚園教育に大いに活かしたい旨を本の奥付に書き込んでいます。その本は、「真の教育は霊と霊との接触なり、教師が真に此事を感得し、そが実現をなし能はば児童は霊感を起こし不可思議なる神力を現はすに至り驚くべき成績をあらはすべし」という言葉で締め括られています。久留島先生は、話し方研究会である回字会を通して、常に自己修養の必要性を喚起させ、家庭教育の手段として童話を取り入れることを根気強く主張し、「童話はあくまでも人と人の魂が直接ふれあうものだから、下手でもいいから、母親たちや子どもの魂をいとおしむ人たちがメルヘンの語り部となって、子どもたちに直に語りかけてください」と訴え続けました。

このように、子どもたちに童話を語り聞かせる口演童話を通して幼児教育を実践した久留島先生の教育法の根底には、モンテッソーリ教育法と相通じるものが流れています。

佐野常羽《さのつねは》（一八七一〜一九五六、伯爵）は、大正十三（一九二四）年、久留島先生とともにデンマークで開かれた第二回世界ジャンボリー大会に参加した後、ボーイスカウト指導者養成コースであるギルウェル・コースに入所した最初の日本人です。佐野常羽はボーイスカウト国際会議に出席するために渡英した大正十五(一九二六)年、ベーデン・パウエル（一八五七〜一九四一、スカウト運動の創立者）の自宅に一週間滞在したことがありました。その際、会食後の席上で、ベーデン・パウエルから、「佐野さん、私はイタリーのモンテッソーリの幼児教育の方法に年齢の考慮を加えて、スカウト教育を組み立てたのですよ」と言われたといいます。スカウト教育の年齢タテ割りの班制、観察推理の自発活動、潜在的能力を伸ばすための感覚訓練など、スカウト教育とモンテッソーリ教育には共通点が多いです。しかし、そのような形式的なものより、根本的な共通点は、両教育が目指したところにあると考えられます。

モンテッソーリ教育は、バランスのある人格、平和を生み出す人を育てることを目指しています。二度の世界大戦を経験したモンテッソーリにとって、平和は切実な思いであり、最も大切なテーマでした。晩年は専ら平和教育に全力を尽くしました。昭和二十四（一九四九）年から三年続けてノーベル平和賞候補にあげられましたが、モンテッソーリは全て辞退しました。自分の成果は子どもが与えてくれたものを受け取って表現しただけであるといい、「子どもから学ぶ」という姿勢を最後まで貫いたのです。少年を通した平和運動に半生を捧げたベーデン・パウエルも、二度にわたってノーベル平和賞にノミネートされました。昭和十四（一九三九）年に、ノーベル平和賞の受賞者に決定されましたが、同年、ヒットラーの進撃があったため、ノーベル平和賞は「受賞者なし」となりました。

ベーデン・パウエルは、「幸福への第一歩は少年のうちに健康で強い体をつくっておくことである。そうしておけば大人になった時、世の中に役に立つ人になって人生を楽しむことができる。（中略）しかし幸福を得るほんとうの道は、他の人にも幸福を分け与えることにある」という言葉を綴った最後の手紙を残しています。

横につながる平和への思いを語るベーデン・パウエルの言葉は、久留島先生にも響きました。大正十三（一九二四）年、デンマークで開かれた第二回世界ジャンボリー大会が終わりに近づいた夜、各国代表は大きな焚火を囲んで、一人ずつ手をつなぎ、輪になりました。「生まれた国を母国と思うならば、お互いの国を兄弟の国と思おうではないか」というベーデン・パウエルの言葉に、みんな握った手にグーっと力を込めたといいます。その力が伝わった時、久留島先生は、「これこそスカウト運動の真髄だ。これができてこそ真の平和が世界に訪れる」と思ったといいます。それは久留島先生にとって、目指すべきものがはっきり見えた瞬間だったと思われます。その平和へとつながる信念が胸にあったからこそ、六十年もの間、「信じ合うこと」、「助け合うこと」、「違いを認め合うこと」など、人が人として共に生きていく上で必要な教えを、口演童話を通して子どもたちに語り続けられたのではないでしょうか。

ボーイスカウトからアンデルセンまで

明治四十一（一九〇八）年一月、イギリスのロンドンでベーデン・パウエルが出版した小冊子、『Scouting for Boys』がベストセラーとなり、イギリス各地で少年たちがボーイスカウトの服装をして自発的にパトロール隊を作り始める、いわゆる「ボーイスカウト運動」が起こりました。急速にヨーロッパ各国に広まったこの「世紀の火花」は、やがて日本にも移りつきました。大正三（一九一四）年十二月六日、日本初のボーイスカウトといえる「東京少年団」が第一回の入団式を行いました。そして大正九（一九二〇）年七月、イギリスのロンドンで開催された第一回国際ジャンボリー大会の影響で、全国的な統一組織の必要性が求められ、大正十一（一九二二）年、「少年団日本連盟」が組織されました。

口演童話活動及びお伽芝居(児童演劇)を通して児童文化事業の新しい道を開拓し、それを基軸に社会教育者として名をあげていた久留島先生は、明治四十四(一九一一)年、日本で初めて雑誌『お伽倶楽部』を通してボーイスカウトを紹介し、翌年にはボーイスカウトを視察するため、自らアメリカへと発ちました。大正二（一九一三）年には東京少年団の起源となる児童精神教育幼年会で口演童話を通した指導を行ったことも確認できます。また、東京少年団が立ち上がった時は役員をつとめ、第一回入団式で「遠足行軍講話」を実演しました。久留島先生によって組織された京都お伽倶楽部を発端に、大正四（一九一五）年には京都ボーイスカウトが誕生し、大正十一

（一九二二）年に少年団日本連盟が設立された際は、名誉理事に推挙されました。大正十三（一九二四）年三月にはボーイスカウトの普及のために後藤新平総長（一八五七～一九二九、政治家）が企画した全国巡回映画会に協力し、映写機を持って全国を回りました。このように、日本ボーイスカウトの創成期における久留島先生の活躍は著しいものでした。

大正十三（一九二四）年四月、デンマークで開催された第二回世界ジャンボリー大会には日本代表団の副団長として派遣され、四度目となる西洋巡遊に出かけました。コペンハーゲンに着いた後、三日間自由行動がとれるようになると、一同はスカンジナビア文明に接するためスウェーデンに向かいましたが、久留島先生は一人でオーデンセに向かいました。日頃尊敬していたアンデルセンの生誕地を訪れるためでした。ところが、アンデルセン記念館からは小さくて粗末な建物という印象を受け、銅像は人通りが少ない物寂しい広場に建っていて、コペンハーゲンにあったお墓は一等墓地から遠く離れた場所で草ぼうぼうになっていたそうです。写真屋さんを見つけてアンデルセンの銅像の前で記念写真を撮っていたところ、オーデンセの新聞記者から声をかけられ、急遽インタビューが実現されました。「アンデルセンに対するデンマーク国民の態度に対して意外とか、失望とかいうよりも、むしろ憤懣を禁じがたかった」と言った久留島先生は、アンデルセンの功績は世界の言語を超越し、民族意識を超越し、世界中に愛読されていると、世界のものであるアンデルセンをもっと大事にしなさいと一喝しました。翌日、『Fyens Stiftstidende』新聞（大正十三年八月八日付）には久留島先生の写真とともにインタビュー記事が大きく掲載され、さっそく全国紙『Politiken』からのインタビューも受け、結局二ヶ月ちかく四十社ほどの新聞、雑誌に「日本のアンデルセン・久留島武彦」のことが掲載され、大きな反響を呼び、直ちにアンデルセンの墓が改築されました。

東京に戻った翌年、デンマークに留まって国民高等学校に入学した平林広人から一通の手紙が届きました。大正十四（一九二五）年はアンデルセンの没後五十年になるので、日本でも記念の催しを開催してもらえないかというデンマーク外務省からの相談があったという内容でした。久留島先生はさっそく巖谷小波と相談し、東京でアンデルセン五十年祭を開催することにしました。巖谷小波を委員長に、岸邊福雄、山田耕筰、北原白秋など十六名を実行委員に、十月十七日と十八日の二日間にわたって帝国劇場で記念お伽祭を盛大に開きました。その後、お伽祭の公演内容は小劇場向けに再編成され、全国各地で開催されました。この活動は日本とデンマークの国交に貢献したと評価され、翌年の四月、デンマーク国王から委員長をつとめた巖谷小波にダンネブロウ三等B勲章が、久留島先生に同四等勲章が贈られました。そして、東洋で初めて開催されたアンデルセン五十年祭はデンマークでも大きく報じられ、世論を動かし、コペンハーゲンにはアンデルセンの記念館が新たに建設される運びとなりました。

口演童話活動が子どもたちを集める方法的な源泉となり、日本全国に支部を設けていたお伽倶楽部が土台の一環となって、ボーイスカウトは日本全国に広がり定着していきました。早くからボーイスカウトに興味を示し、積極的に日本に紹介した久留島先生は、少年団日本連盟の新規定が成立し組織が一新してからは、役員から一歩離れた距離でボーイスカウトを支援しました。久留島先生のボーイスカウト活動がデンマークや日本にアンデルセンの価値を再認識させる結果につながったことは、童話を通して社会教育を実現しようとした久留島先生の信念が生み出した賜物でしょう。

「未来は、あそびの中に」——受け継がれる久留島精神

驚くことに、久留島精神を受け継いでいる企業が一ヶ所あります。『未来は、あそびの中に』というスローガンを掲げる、幼児教育関連に特化した企業、株式会社ジャクエツです。福井県敦賀《つるが》市に本社を置くジャクエツは、創業百年を超えた長寿企業です。大正五（一九一六）年、創業者の徳本達雄（一八九三〜一九六七）が福井県で二番目となる早翠《さみどり》幼稚園を開園し、同園で使用する教材・教具を自前で考案・製造したことから始まります。当地が越前和紙の産地だったことから、高品質な和紙を使った教材を一つひとつ手作りで製作したことが評判を呼び、全国から依頼を受け、それ以来、幼児教育用具の製造直販事業へと展開していきました。

小さい頃から幼児教育に関心を持っていた徳本達雄は、東洋大学在学中、早蕨幼稚園を参観し、久留島先生の指導を受け、卒業して帰郷すると早翠幼稚園を開園しました。名前からも久留島先生からの感化がうかがえます。大正四（一九一五）年に久留

島先生から描いてもらった「いぬはりこ」の絵を園章にしましたが、現在はそれがジャクエツの社章として社員バッジとなり、ジャクエツの全社員はスーツの襟に可愛らしいいぬはりこのバッジを付けています。「すべて自社生産」にこだわるジャクエツ精神の由来は、久留島先生との出会いにありました。

童話碑を巡る旅

昭和二十五（一九五〇）年五月五日の子どもの日、大分県玖珠町には久留島先生の童話活動五十年を記念する童話碑の除幕式が行われ、式典後は第一回日本童話祭が盛大に開催されました。高さ七・二m、幅三・〇四m、厚さ〇・七二mの童話碑には、御殿庭園の池畔に据えられていた大きな舟着石が使われました。全国の小学校からは童話碑の建立を祝って自分の名前や夢などを筆書きしたこぶし大の石、四万個が届きました。玖珠町は童話碑の下にコンクリートの地下壕を作ってその四万個の小石を大切に埋めました。

全国から届いた子どもたちの夢に支えられて建っている童話碑は、玖珠町を童話の聖地とするシンボルであり、また童話碑第一号でもあります。その後も全国各地に久留島先生を顕彰する童話碑が建てられたのです。第二号は、昭和二十八（一九五三）年六月十九日、京都府京都市西京区嵐山虚空蔵山町の法輪寺に、第三号は昭和四十五（一九七〇）年五月五日、愛知県一宮市大和町の妙興寺に、第四号は昭和五十一（一九七六）年十月二十七日、愛媛県松山市の大通寺に建てられました。

童話のメッカである玖珠町を起点に、童話碑巡りに出かけてみるのはいかがでしょうか。

継続は力なり

記憶のかけら

——人々に残る、久留島武彦の記憶

久留島先生は、各界で活躍する著名人と交流し、多くの影響を与えました。著名人たちが語る「久留島武彦先生」の話を抜粋してご紹介いたします。

私は上京して明治学院の生徒となった。多分明治三十七年のクリスマスだったと思う。高輪教会で、はじめて久留島氏の話を聞いた。それは有名なダビデがゴリアテに投げた小石の話だった。私は今でも、その話をそっくりそのままに覚えている。松の根株に小さいツツジが、おじさん、おっかないわと言ってすがりついているところから、最後に、その石を投げたのは誰でありましょう…と言って、ダビデと言わずに、巧みに暗示を与えたことまで覚えている。

——沖野岩三郎（一八七六〜一九五六、小説家）

その昔、君が尾上新兵衛なる別号で名乗りをあげていた頃から交際をしている私である。その立派な声が君の極めて洗練された話しぶりとぴったり合ったところに、聴衆の全てが魅せられてしまうのである。例えば、「あの深い池の…」など、その「フカーアイ」という口調のように、聞いていると、いかにも深い、底知れぬ、ものすごい古池の有様がスーッと目の前に浮かんでくる。それに君の声は、ただむやみに大きい声というばかりではなく、実に腰のあるしっかりした語尾のはっきりした点が特に嬉しく思われる。例えば、「ありますか」と「ありませんか」などの区別が広い会場の隅々でも明瞭に聞き取れるので、その男性的な歯切れのよいところが聞いていて気持ちが良いのである。

――巖谷春生（一八七七年生まれ、巖谷小波の弟）

十数年前までは久留島先生と私と連れ立ってよく旅に出たものである。欧米から南洋、台湾から樺太あたりまでも出かけたものである。よく語り、よく食い、よく遊んだものである。かく千機萬機転々滞らざる交渉の中に、私が先生からうけた感銘は、貴い成人教育であったので、以来私自身の修養上享けた利益は多大なものがあるのである。私も先生が力学篤行の士であることを夙《つと》に識《し》っていた。年に数回は書冊を抱えて箱根の旅宿に訪客を避け、書を読み、学を研いて昼夜を息まず、山を下るや忽《たちま》ち東奔西走寧日無き先生を知っていた。先生の博覧強記はかくて年と共に愈々先生を聡明にし、益々先生を広智の人にし、天成の大雄弁家にし、児童教育の第一人者にしたのである。

——野村徳七（一八七八〜一九四五、野村財閥創設者）

八年前、私の兄が死んだ。悔みに来てくださった久留島さんは、帰られる時、私に「これを君にあげよう」といって、持っておられた竹のステッキをくださった。「これには般若心経が刻んである。長く持っていたのだが、君に」といわれた。私は非常に嬉しかった。私がステッキの蒐集家ということは久留島さんも知らなかっただろうが、その場合、私を慰めるつもりであったろう、しかも経文を刻んだ愛玩のステッキをくださったことは、何ともいえない嬉しさであった。私はステッキを抱きながら久留島さんの後ろ姿に涙を落とした。

——櫻井忠温（一八七九〜一九六五、陸軍軍人・作家）

わが国の話道は、上代既に語り部と称する世襲的な話術家によって開拓された。伝統を有つ豊沃《ほうよく》な土壌の上に、泰西《たいせい》文化の莫大な影響を受けて、新しい日本の話道は発育した。而《しか》してその新話道の最高峰たるものは、誰かといえば、誰しも久留島武彦氏を挙げるに躊躇せぬであろう。明治時代は日本の歴史上にも稀に見るヒロイック・エージであって、あらゆる方面に巨人を出しているが、久留島氏の如きも正しくその一人であろう。

——蘆谷蘆村（一八八六〜一九四六、童話研究家・日本童話協会の創立者）

昭和十一年三月三日午後六時少し前、小学校五年の末娘が時計を見て、「あゝ」と小さく言って、急いでラジオのスイッチを入れた。「あら、今日は久留島先生のお話ね」と姉娘、年は二十を越えること三つの子。「えゝ、そうよ、何でも、宮様にお話を申し上げて、というようなお話よ」と次の娘。これも年は二十と一。娘二人は、少なくとも最初のしばらくは、箸をおいて嬉しそうに、笑いを堪えて聞き始めるのであった。もちろん、小学一年の次男も、家内も、みな、黙り込んで聞き取れていた。あの照宮様の「姉」心お豊かな御様子と、お話を聞く時のよいお手本をお示しくだされたという立派なお話を。一体、今日の久留島先生のお話の筋といえば、たった二行か三行。曰く、姉宮様をお労わりになる御様子、そして、そう遊ばされつつ最も御熱心に、お話に耳を傾けられる御様子、この二つのお話に過ぎない。それを、三十分近く、ラジオによって、ただ声のみによって、少しの緩みもなく、隙もなく、十分の興味を持って聞かせ、しかも大人にまでも迫力のあるお話にしてしまわれたことは、今更ではなく、実に久留島先生にのみ与えられる天稟なのであろうか。

——葛原しげる（一八八六〜一九六一、童謡詩人・童話作家）

昔々会で時偶お目にかかり、いつもお元気な若々しい先生を昔のままに懐かしんでおります。誠に先生の童話道への一貫したご努力とご功績は端的には言い尽くせない偉大さで敬慕の外ありません。

——高畠華宵（一八八八〜一九六六、大正から昭和にかけて一世を風靡した人気挿絵画家）

山椒小粒でも辛いと世間でよくいうように、必ず大きいから偉いとも立派とも言い難い。しかし先生があの整った大きな身体をゆるやかに運んで前に現れた時に感じる一つの迫力は全く他に多く見ないところである。まして厚味のあるあの声でどんな問題でも沈着の中に話しを進められては、仮に極端な興奮状態にあったとしても落ち着かずにはいられない。それほど先生は偉大な力を持っていられる。親しみやすく馴れにくいという可きであろうか。私は平素の仕事が違う関係でお目にかかる折は割合に稀である。それでいて先生を忘れることの出来ないのをいつも不思議の一つとしている。

——西澤笛畝（一八八九〜一九六五、日本画家）

先生は、我々の田舎の中学——富山中学校においでになって、全校六百の生徒がぎっしり詰まっている大講堂で、たしかワーテルローの戦いのお話をなさったと記憶する。血沸き肉躍る物語を、例の気品あるジェスチャーにユーモアを交えて、滔々《とうとう》として説き去り説き来られた大雄弁は、誠に感銘の深いものであった。しかも指折り数えてみると、その頃先生はまだ、三十そこそこのお歳でしかなかったと思われるが、先生のお話しぶりは、その頃既に老大家の風格を備えておられたように思う。先生に知遇を得るようになったのは、大正十二年頃、私が名古屋地方裁判所の検事の職を辞して上京し、現在の弁護士を開業するに至ってからである。弁護士と童話、あまり由縁がなさそうであるが、もともと好きな方面であったので、久留島先生邸を出入りする内に自然とお近づきになり、先生の回字会の会員にもなり、その後、また先生の新聞事業にも多少の関係を持つようになって、益々接近する機会が多くなったのであるが、その間に感じ得た先生のお人柄は、童話家、雄弁家というよりも、寧ろすぐれた大きな教育家といった方が適切のように考えられる。

——高木常七（一八九三〜一九七五、裁判官）

先生を童話のおじさんとして拝見したのは、私の幼少の頃でした。そのお話になるところも、実に多方面で幼気な子どもの世界にお入りになれば、やさしい童話のおじさんの感じがし、やかましい時事問題などの場合はまたその雄弁さにつくづく敬服いたします。

――永井郁子（一八九三～一九八三、ソプラノ歌手）

私が先生に初めてお目にかかりましたのは、名古屋の松坂屋で催された全市女学校卒業生招待会の時でございました。その時のお話がウォルターの戦いでした。先生のお話に私はすっかり感動してしまい、祖国を思う観念を、いやが上にも呼び起され、まるで胸を引き締められるような気がして、思わず目頭を熱くいたしましたことを今でも覚えております。早蕨幼稚園の園児は先生のことを園長先生、園長先生と言って肩に上ったり、頬ずりしたり、心から懐いて甘えていましたが、どこかに犯しがたい威厳があるので、親しむ中にも先生のお言葉をよく守り、大人しく言うことを聞くのが誠に可愛らしく見えます。

――高田せい子（一八九五～一九七七、舞踊家）

先生は旅をするのにカミソリは持たないで、いつもその地の床屋へ飛び込まれます。先生には深い考えがあったのです。それは、床屋での若者たちの雑談から、その地の近況を推知し、それを直ちに、講演の枕の中に入れるのだそうです。聴衆は、極く容易にキャッチされるそうです。

——古田誠一郎（一八九七〜一九九二、社会事業家・政治家）

苦しい辛い時になると不思議に久留島先生のことを思い出す。高等学校の頃、ある冬休みを利根川《とねがわ》へ遠漕に出かけた。風がビュービュー吹いて雪模様の年の暮の大利根遡航《そこう》は、いつもならば冬風にさえ汗を流すのにその日は漕いでも漕いでも汗どころか、四十分、一時間の長漕にいよいよ寒さが骨にしみるのだった。「あゝ、ボートなんかよしゃよかったなあ」と思う傍ら、久留島先生と一緒に行軍した時のことと、先生のお顔が出てくる。それはいつのことであったかは明瞭に思い出せないが、その頃の私には辛い行軍であった。どこかで坂道にかかった時には「来なけりゃよかった」と小さい心の中に一歩ごとに掛け声の代わりにつぶやいていたのだったが、それでもとうとう先生の元気な声に引きつかれて、目的地へ辿り着いた。その時に先生から、

「今日のことは、君達には大きすぎたことだったが、よくやってくれた。それだけ皆が伸びて来たかと思うと嬉しい」というような意味の言葉をいただいた我々であったが、私自身は意気地なかったその日の自分の心を見透かされたような気がして、顔も上げ得なかったのであるが、しかし何ともいえず嬉しくて張り合いがあった。そしてその次には、早蕨園児でもなかったくせに私は日曜ごと、休みごとに先生について演習や行軍に性懲りもなく出かけて行くのだった。そのよさないでよかったことを利根の川風に吹かれながら思い出して、これも頑張り通せたのであろう。私には苦しさを乗り切る強さが欲しい時にいつも力を添えてくださる久留島先生なのだ。

——松澤一鶴（一九〇〇～一九六五、日本の競泳選手、東京オリンピックの閉会式の演出を手掛ける。大河ドラマ「いだてん～東京オリムピック噺～」にも登場）

明治四十三年であったか、四十四年であったか、はっきりした記憶はない。その頃久留島先生は満鉄の招聘に応じられて何回目かの渡満をされた。その当時、九つか十の私は、父母に伴われて大連に住居していた。ある晩のこと、本願寺の附属幼稚園で、久留島先生の婦人会が開かれ、私は母につれられてこの会に出席した。例によって先生の熱のこもった雄弁は、満場の婦人達を感動させた。しかし子どもの私には難解な点が多かったことと、時間が遅くなって来たために、眠くなってきた。そこで私は、母を説いて家へ帰ることを主張しだした。この私の姿が壇上の先生の目にとまったらしい。先生は私の方を向かれると、ニコニコしながら、「坊ちゃんも大分御退屈のようですから、最後にもう一つお話申し上げて私の話を終わることにしましょう」といわれて、聖オーガスチンの母の話しを始められた。この「坊ちゃんも大分…」と先生にいわれた時から私はお話の先生が大好きになった。そして自分も大きくなったらお話の先生になろうと聞きながら決心した。久留島先生は、私に初めて志を立てさせ、その志を変えずに今日まで進ませてくださった恩人である。

——関屋五十二（一九〇二〜一九八四、童話作家・放送作家、
NHK連続テレビ小説「花子とアン」の有馬次郎のモデル）

以上、久留島武彦童話三十年記念童話集『いぬはりこ』（家の教育社、昭和十一年）より

一九二四年の夏、コペンハーゲンの郊外、エルメルンの野に、世界列国のボーイスカウトによるジャンボリーの開かれた感激の波がまだおさまらなかった九月のことと思う。デンマーク一流の漫画雑誌が、富士山と、アンデルセンの生まれたオデンセの風光を背景にして、日本のアンデルセン久留島が、アンデルセンの生家で、本物のアンデルセンと対談している漫画を表紙に描いた特集を出した。どこの本屋にも店頭の目立つところに出してその月の新刊誌の呼物にしていた。久留島武彦という名では、デンマーク人には通じないが、日本のアンデルセンというので、パッと全デンマークの人気を煽って猫も杓子《しやくし》も彼を話題に何か一言しないものはなかった。なぜかというと、久留島さんは、デンマークの誇りにしていたアンデルセンに対する国民感情に、大きいショックを与えたからである。

——平林広人（一八八六〜一九八六、デンマーク文学者）

先生は大変に偉い方であると同時に、心の細やかに動く方だったと思います。あの

ＮＨＫに「子供の新聞」という番組が始まりまして、そして昭和七（一九三二）年六月一日に私、初めてその放送をいたしましたが、そのとき先生は箱根にいらっしゃったようでございます。夕べあなたの放送を聞いた。そして、それについての先生のご意見を書いて送ってくださいました。大変私は感激をいたしました。その前はただ遠くの方で眺めていた久留島先生、私はその時から本当に先生に師事しようという気持ちになったのでございます。それからしばらくたって、先生は私をお呼びになって、私にいろいろ話をしてくださいました。あなたはこの頃話をする方に大分出て行くように思うけれども、一体話をしに行くのか、それとも書くことで行くのか、それをはっきり自分で決めた方がいい、もしも書くことによって行こうと思うならば、それ一筋に行く方がいいと、おっしゃいました。その時に、私に一つの考えるべき問題を与えてくださったのでございます。私は、家庭を持っている家庭婦人でございますから、家庭でできる仕事を追って行こう、それならば、むしろ、書くことの方に集中して行こうということを決めたのでございます。そして細々ながら今日まで書き続けてきております。それは久留島先生の、その時のお言葉が力があったということ、色々の意味において、久留島先生は私にとって有難いことでございます。

——村岡花子（一八九三〜一九六八、児童文学者・『赤毛のアン』の翻訳者）

日本の童話家として先生は、かの巖谷、かの岸邊両方先生と並び立たれ、この国の最高峰と仰がれました。もとよりそれは天才の自ずからな現れと敬い驚くところであります。しかし先生は後進に教えなさるのに仕事は続けなくてはならぬ、不断の継続が力となるといわれたように聞いております。先生ご自身それをお果たしになられました。人間はその情操を培うこと、正義を守ること、それには勇気が大事であること、などとあれこれここに数えはいたしませんが、およそ人は人間的精神の確立が第一条件であることを六十幾年世の中に説かれました。

——浜田広介（一八九三〜一九七三、童話作家、代表作『泣いた赤鬼』）

武彦先生は後年、仏教の本をよく読まれていた。先生に宗教の目を開けたのは、関西学院であり、先生が一生を貫いて、童話の世界に終始されたことは、先生にとっては、童話は宗教であったに違いない。童話に徹した大信念は覚りの道にまで到達されたとしか考えられない。更に高階瓏仙禅師のような方の仏教的影響も、先生に禅家の風格をなさしめた、一つの因になっているのではなかろうか。

——内山憲尚（一八九九〜一九七九、幼児教育家・日本童話協会会長）

私は大正九（一九二〇）年に田舎から出て参りまして、大塚講話会のメンバーに入りました。その会の最高の指導者は久留島先生でございましたが、会員の中で、久留島先生のお宅に行くのが、これが一番の難しい仕事でございまして、君行け、君行けと、中々行く者がなかったのでございます。要するに、大変恐ろしい先生であったということでございます。その翌年、大正十年一月二日と記憶しますが、あの青山穏田の早蕨幼稚園の遊戯場の板の間で、新年宴会があった時に、私も初めて、回字会の末席を汚していただきまして、先生から話をする時の手の置きどころに注意を受けました。私共の大塚講話会は、四十五年の長い間にわたって、先生からご指導を受けたわけでございます。

——石井庄司（一九〇〇～二〇〇〇、国文学者・俳人）

以上『久留島武彦　偲ぶ草』（久留島秀三郎編、私家版、昭和三十五年）より

そんなことよりも、わたしにはお伽話作家の久留島武彦のほうがなつかしい。久留島武彦といっても、いまの中年の人でも名を知るのは少なかろう。巖谷小波とともに口演童話で大正期の全国少年少女に大きな人気があった。わたしは小学生のとき、小倉の小学校講堂で東京からきた氏のお伽話を聞いた。内容は忘れたが、その貴公子然とした風貌は記憶に残っている。

——松本清張（一九〇九～一九九二、小説家）、「着想ばなし——豊後雑想」より

先生のお話を実際聞いた方々の体験談を募集し、よりリアルな肉声を記録として残す「記憶を記録に！」プロジェクト。記念館に寄せられた久留島先生にまつわる思い出話をご紹介いたします。

先生が話をする時は、時々ドン！と机を叩きながら話されたり、黒板にサラサラッと絵を描いたりしました。それからよく格言を使いました。なるほどと思う時、その格言を使う。だから聞いている者はバンッと受けました。

畑崎龍定（一九二八年生まれ、和歌山県みなべ町在住、二十三歳から十年間何度も聞く）

昭和二十五年の五月、福岡県遠賀郡水巻町の会館で、小中学生千五百人くらいと久留島先生のお話を聞きました。助け合いと一人一人の個性を重んじる「デモクラシー」の話でした。私は高校卒業間もない十九歳で、臨時教員として生徒を引率し、お話を聞きに行きました。久留島先生はマイクを使いませんでしたが、大きい声は隅々まで通っており、みんな話に引き込まれて、水を打ったように静かに聞き入っていました。

翌年、私は福岡教育大学に進学し、児童文化部に入って児童文化活動を行いました。三年生の時、福岡市の電気ホールという大きなホールで全九州大学児童文化連盟の研究発表会を行い、久留島先生を招聘しました。その時の演目も「デモクラシー」でしたが、口演が始まって一～二分でホールが停電してしまいました。ホールには子どもが四百人、大学生が四百人くらいいましたが、先生は暗いまま話を続けました。停電は二～三分程度でしたが、子どもたちは静かなまま、動揺せず、何事もなかったように先生のお話を聞き続けていました。その話術のすごさに驚かされた研究会でした。

青木道雄（一九三一年生まれ、福岡県福岡市在住、十九歳から何度も聞く）

一つは、イギリスの戦艦を撃沈した帆足正音豫備中尉の話を聞きましたが、血沸き肉躍るような活気ある話し方でした。幼心に、すごい話をする先生がいるなと思ったことを覚えています。もう一つは、インディアンポピーという花の話でした。どこかの国で誘拐された少年が、ポケットにインディアンポピーの種を持っていて、連れ去られる途中に種を一つずつ蒔いて行きました。誘拐されて希望をなくし、暗い気持ちだった少年が、誘拐された所から逃げもどる時、鮮やかな色のインディアンポピーが咲き、それが道標となりました。その花を見つける度に少年の心はどんどん明るくなって、自分の家に帰り着くことができたという話でした。

首藤洋介（一九三二年生まれ、大分県日田市在住、杉河内小学校五年生の時に聞く）

話の最後に、先生が黒板いっぱい、左から右に、「心は丸く、気は長く、腹は立てずに横に寝せ。人は大きく、己は小さく」と言いながら字を書きました。「心」という字を丸く書いて、「気は長く」の「気」をものすごく長く書いて、「腹は立てずに横に寝せ」の「腹」を横に書きました。そして「人」という字を大きく書いて、「己」を小さく書きました。生徒がみんな「心は丸く、気は長く〜」とつぶやきながら退場したことを覚えています。

薬師寺直子（一九三四年生まれ、大分県別府市在住、津久見市第二中学校の時に聞く）

声がはっきりしてやさしく、わかりやすかったです。良いお話を聞いたなというのは、この年になっても記憶に残っています。

梶原露子（一九三四年生まれ、大分県天瀬町在住、梅香女子専門学校の時に聞く）

背広にハットを被り、長身でおしゃれな雰囲気でしたので、とてもお話をするような人には見えなかったですが、いざ話が始まると親しみのある顔に変わり、マイクも使わず低音で響く声で話されて、思わず話に聞き入ってしまいました。

衛藤昭（一九三五年生まれ、大分県玖珠町在住、森中学校三年生の時に聞く）

久留島先生の話は、それまでの学校の先生の話とは違って何か引き付けられるものがありました。わんぱくな子たちも全員シーンとして先生の話に聞き入っていました。

青木善市（一九三六年生まれ、大分県玖珠町在住、森小学校の時に聞く）

「Each for all, all for each」の話を聞きました。先生の話を聞いたことがその後の人生において大きな転機となり、中国語と英語を勉強し、アメリカにまで渡りました。

〈幸谷隆資（一九三七年生まれ、大阪府高槻市在住、広島市水谷小学校の時に聞く）〉

情景がありありと浮かぶような、リンゴの話から始まるウィリアムテルの話を聞きました。先生は描写が上手でした。言葉がはっきり聞こえてきて、先生の声が講堂の後ろまでよく届きました。みんなドキドキして聞きました。

〈長山篤子（一九三八年生まれ、東京都青梅市在住、森南部小学校の時に聞く）〉

森小学校の講堂で立ってお話を聞きました。暑い中、人が多くてぎっしりでした。最初はどっかのおじさんが話しているなぁと思いました。ジョン万次郎の話を聞きました。私は汗びっしょりで、横に立っていた友だちとほっぺたがくっつく程ぎゅうぎゅう詰めで立っていましたが、先生が、「ジョン万次郎が四国で難破して、波がドーンと！」といった瞬間、まるで冷たい波が自分の顔にかかったように、涼しく感じました。それが記憶に残っています。あの先生は、なんかすごい話をされるんだなあと思いました。あの日は大変暑かったので、涼しくなったあの感じがまだ鮮明に記憶に残っています。

頓宮宗正（一九三八年生まれ、大分県玖珠町在住、戸畑小学校四年生の時に聞く）

先生の話が怖くて、その話に引き込まれないように自分の足を必死につねったことを覚えています。

藤野二六（一九四〇年生まれ、大分県玖珠町在住、森小学校三年生の時に聞く）

全生徒六百人くらいが集まったので講堂の板張りの床が生徒で一杯になってお話を聞きました。「急がば回れ」という話を覚えています。二人の子どもがある目的地に行くのに、一人は新しくできた近道を通って土砂崩れの事故に遭い亡くなってしまう。もう一人の子どもは新道を知っていたが、遠回りにはなるが慣れた旧道を通って行き、無事目的地に着いたという話しでした。新道ができても旧道を忘れないことの大切さが記憶に残っています。

角井仁紀（一九四〇年生まれ、大分県玖珠町在住、森南部小学校四年生の時に聞く）

「杜子春《とししゅん》」という話を、二回くらい聞いたことがありますので、久留島先生というと杜子春という題目が浮かびます。先生はただ話がうまいとか、面白いというだけではなく、語ることによって子どもの中にちゃんとした教訓というものを届かせることが上手かったと思います。

三浦和吾朗（一九四〇年生まれ、東京都世田谷区在住、森小学校の時に聞く）

大野原小学校には講堂が無くて、教室と教室の仕切りを取り外した中で口演会が行われ、全校生約百八十人が床にひざまずいて座って話を聞きました。馬のひづめの音に関係ある話を聞きましたが、久留島先生が調子良く「パカッパカッ」と馬のひづめの音をまねしていたのを、今でもはっきり覚えています。

小野英世（一九四一年生まれ、大分県玖珠町在住、大野原小学校二年生の時に聞く）

「新道ができても旧道を忘れるな」という話を聞きましたが、歩いて帰りながら友だちと、「なるほどなー、おもしれーなー」と話したことを覚えています。

衛藤浩（一九四一年生まれ、大分県玖珠町在住、森小学校四年生の時に聞く）

高校の体育館で全生徒が立ったまま先生の話を聞きました。先生はマイクも使わず、しっかりとした口調で、体育館にビンビン響く声で、一時間ほど話されました。

秋好民子（一九四三年生まれ、大分県玖珠町在住、森高校の時に聞く）

先生の野太い声、ドスの利いた声が印象に残っています。日本童話祭の日、偶然久留島先生と同じバスに乗りましたが、バスの運転手が、「先生のお祝いなのでバス賃は要りません」と言ったら、「いや、そんなもんじゃない」と言ってバス賃を払っていました。

濱田八恵子（一九四三年生まれ、大分県玖珠町在住、塚脇小学校三年生の時に聞く）

先生は一人一人の目を見て話をしました。最後にお話を聞いたのは、先生が亡くなる一年前の昭和三十四（一九五九）年です。高校の広い講堂でマイクを使わずにお話をしました。

後藤勲（一九四四〜二〇一六、大分県玖珠町、森高校の時に聞く）

先生のお話を聞いた後、興奮して家に走り帰り、お父さんに、「今日学校ですごい話を聞いたよ！」と言ったことを覚えています。

阿部黎子（一九四七年生まれ、大分県玖珠町在住、森小学校の時に聞く）

「森の中には木がたくさんあって、木には葉っぱがあって〜」と、お話をしながら、久留島先生が黒板に木の葉の絵を描きました。そうすると、その木の葉の絵が、お話が進むうちにキツネの耳になりました。それが不思議だったので、いつまでも鮮明に覚えています。

高取義昭（一九四七年生まれ、大分県玖珠町在住、三和小学校一年の時に聞く）

久留島武彦 略年譜

1874 明治7（0歳）6月19日、大分県玖珠郡森町（現・玖珠町）で久留島通寛（十代森藩主通明の弟）と恵喜（豊前国中津藩の中金奥平家出身）の間に長男として誕生。

1877 明治10（3歳）5月23日、妹・テル誕生。

1881 明治14（7歳）森小学校に入学。

1883 明治16（9歳）大火で森小学校や自宅が全焼。中津の母の実家に移り、殿町小学校（現・中津市立南部小学校）に転校。

1887 明治20（13歳）大分中学校（現・大分県立大分上野丘高等学校）に入学。

1888 明治21（14歳）アメリカから来たウェンライトが英語の教師として大分中学校に着任。英語の勉強と信仰生活で指導を受ける。

1890 明治23（16歳）ウェンライトについて、神戸の関西学院普通学部に移る。

1891 明治24（17歳）3月25日、父・通寛死去、宗家の指示で攻玉社海軍予備校に入学。

1892 明治25（18歳）再び関西学院に戻る。

1893 明治26（19歳）神戸美以教会日曜学校の校長に任命され、母と妹を神戸に呼び寄せる。

1894 明治27（20歳）日清戦争勃発。東京近衛師団歩兵第一連隊に入隊。

1895 明治28（21歳）遼東半島に上陸。軍隊生活について書いたものを「尾上新兵衛」という筆名で博文館に投稿し、『少年世界』に十ヶ月にわたって連載される。北白川宮師団長専属の通訳となり、下士に昇進。11月、東京に帰還。

1896　明治29（22歳）同期の木戸忠太郎の紹介で尾崎紅葉に会い、紅葉から巖谷小波を紹介される。
1897　明治30（23歳）巖谷小波の家に寄宿し、小波を囲む文学研究会である木曜会を立ち上げる。浜田ミネと結婚。3年間の兵役義務を終え、除隊。
1898　明治31（24歳）神戸新聞社に就職。
1899　明治32（25歳）軍事彙報社に転職。
1900　明治33（26歳）横浜のセール商社に転職後、間もなく日本郵船会社の上海支店長秘書となって上海に単身赴任。
1901　明治34（27歳）大阪毎日新聞社に入社。10月20日、母・恵喜死去。
1902　明治35（28歳）3月11日、長女・福子誕生。
1903　明治36（29歳）横浜の海門商会に入社するも倒産。横浜貿易新報社（現・神奈川新聞社）に転職。7月15日、日本初の有料口演童話会を開催。巖谷小波、川上音二郎・貞奴とともに、10月3日と4日、日本初のお伽芝居を開催。東京中央新聞社に転職。
1904　明治37（30歳）日露戦争に召集され、京城（現・ソウル）の司令部で勤務。
1905　明治38（31歳）中央新聞社に復帰。
1906　明治39（32歳）3月、お伽倶楽部を設立。9月、博文館に入社し少年世界講話部の主任となる（中央新聞社と兼務）。
1907　明治40（33歳）幻灯機を用いてお話をする「お伽幻灯隊」として東北地方を巡回。日本初児童劇団・東京お伽劇協会を自ら設立して定例公演を行う。6月、中央新聞社退社。
1908　明治41（34歳）2月2日、次女・不二子誕生。世界一周観光旅行に通訳として参加。
1909　明治42（35歳）9月1日、小倉歩兵第47連隊第3大隊本部に入営し本部附となる。15日の朝、除隊。
1910　明治43（36歳）玩具研究会の小児会と、話し方研究会の回字会を設立。早蕨幼稚園を開園。

1911　明治44（37歳）お伽倶楽部の機関誌『お伽倶楽部』を創刊し、日本にボーイスカウトを紹介。アメリカ視察旅行。
1912　明治45・大正元（38歳）帰国し、口演活動再開。私塾・イートン英語学校を設立。
1915　大正4（41歳）10月、東京代々木に早蕨第二幼稚園を開園。
1916　大正5（42歳）南洋視察団に参加。
1917　大正6（43歳）東京青山御所で東宮（昭和天皇）、高松宮、秩父宮に御前童話口演。
1918　大正7（44歳）長女福子が中野秀三郎と結婚。
1920　大正9（46歳）ヨーロッパ視察旅行。
1922　大正11（48歳）朝日新聞社から功労感謝状を授与される。日本童話協会と長崎お伽倶楽部の顧問となる。
1923　大正12（49歳）2月、巖谷小波、高島平三郎、野口雨情らと共に児童音楽研究会を設立。熱海小学校で口演中、関東大震災。震災後、文部省派遣で各地を巡回し震災講演実施。
1924　大正13（50歳）デンマークで開催された第2回世界ボーイスカウト大会に日本派遣団の副団長として参加。オーデンセを訪れ、アンデルセンの偉大さを訴え、反響を呼ぶ。
1925　大正14（51歳）日本童話連盟の顧問となる。7月12日、ラジオ本放送を開始した東京放送局に出演し、「貰った寿命」を口演。10月17日、18日、「アンデルセン没後五十年記念お伽祭」を帝国劇場で開催。
1926　大正15・昭和元（52歳）デンマーク国王クリスチャン十世からダンネブロウ四等勲章を授与される。大分県飯田高原で少年団日本連盟の合同野営大会を開催。
1929　昭和4（55歳）大日本雄弁会講談社20周年記念事業として九州全県を巡回講演。6月16日、帝国劇場で童話活動25周年記念祝賀会。6月21日、長男・鈴木典彦誕生。

1930　昭和5（56歳）奈良で第一回阿礼祭を開催。
1931　昭和6（57歳）文部省の依頼で全国巡回講演。
1932　昭和7（58歳）大日本雄弁会講談社の依頼で巡回講演。
1933　昭和8（59歳）大阪毎日新聞社の嘱託で『少国民新聞』の顧問となる。9月5日、巖谷小波死去。小波の追悼童話祭を開催。
1934　昭和9（60歳）放送童話研究会を発足し、世界の名作を放送。
1935　昭和10（61歳）早蕨幼稚園創立25年祝賀会。アンデルセン童話百年祭を開催。
1936　昭和11（62歳）童話30年記念童話集『いぬはりこ』（教育社）出版。
1937　昭和12（63歳）小倉市（現・北九州市小倉区）到津遊園に林間学園が開催され、初代園長となる。
1938　昭和13（64歳）到津遊園内に桃太郎銅像（渡辺長男作）を建立し、桃太郎祭を開催。
1941　昭和16（67歳）日本国民童話協会を結成し、会長となる。
1943　昭和18（69歳）7月2日、ミネ夫人死去。
1944　昭和19（70歳）疎開令によって早蕨幼稚園閉鎖。第一回少国民文化功労賞を小川未明とともに受賞。
1945　昭和20（71歳）東京大空襲で早蕨幼稚園と自宅が全焼。奈良に移り、寧楽女塾の顧問として英語を指導。
1950　昭和25（76歳）玖珠町旧久留島氏庭園内に童話碑が建立され、5月5日、第一回日本童話祭が開催される。50年記念童話集として『熊のしりもち』（推古書院）と『海に光る壷』（推古書院）が出版される。
1952　昭和27（78歳）全国童話人協会を結成し、初代会長となる。
1954　昭和29（80歳）京都の法輪寺に80歳記念の童話碑が建立される。九州、東京、愛媛県巡回講演。
1955　昭和30（81歳）全日本移動教室連盟（現・

日本青少年文化センター）の初代会長となる。東京日比谷公会堂でアンデルセン誕生百五十年祭を開催。
1956　昭和31（82歳）大分、京都、北海道の巡回講演。
1958　昭和33（84歳）紫綬褒章を受章。
1959　昭和34（85歳）童話祭10周年及び童話活動60周年記念童話祭を玖珠町で開催。
1960　昭和35（86歳）4月29日、横浜市老松小学校で催された女性教員大会で、最後の講演。6月27日午後9時36分、神奈川県逗子市角田病院にて内臓ガンで死去。戒名、禅機院殿誠心話徳童訓大居士。分骨され、横浜の総持寺と大分県玖珠町の安楽寺にお墓があったが、平成28年、総持寺のお墓は抜魂祭の後、解体され、安楽寺に納骨される。

※出典『久留島武彦評伝—日本のアンデルセンと呼ばれた男—』（求龍堂）より抜粋。

主要参考文献

《書　籍》

巖谷小波『桃太郎主義の教育』東亜堂書房、一九一五
久留島武彦『通俗雄弁術』廣文堂書店、一九一六
久留島武彦『お伽小槌』冨山房、一九一七
久留島武彦『童話術講話』日本童話協会出版局、一九二八
安倍季雄・樫葉勇『いぬはりこ』家の教育社、一九三六
生田葵『お話の久留島先生』相模書房、一九三九
高橋良和『久留島武彦童話五十年記念 熊のしりもち』推古書院、一九四九
村上順二『野村得庵本伝』野村得庵翁伝記編纂会、一九五一
久留島秀三郎『久留島武彦 偲ぶ草』非売品、一九六〇
久留島武彦『久留島名話集 角笛はひびく』全国童話人協会、一九六一
久留島武彦『童話術講話』日本青少年文化センター、一九七三
草路詞藻集刊行会『草路詞藻集・心に発願ある者』非売品、一九九三

大分教育委員会『大分県先哲叢書 久留島武彦 資料集』（一～四）大分県先哲資料館、二〇〇一～二〇〇三
金成妍『久留島武彦評伝―日本のアンデルセンと呼ばれた男―』求龍堂、二〇一七

《雑 誌・新 聞》

『教育学術界』同文館、一八九九～一九三九
『少年世界』博文館、一九〇五～一九一〇
『婦人世界』実業之日本社、一九〇六～一九三三
『北陸タイムス』北陸タイムス社、一九〇九
「久留嶋先生の玩具に就ての講話」【速記録】『大分県教育雑誌』二九三号、一九〇九
『家庭』日本女子大学校内桜楓会、一九〇九～一九〇一二
『婦人画報』婦人画報社、一九一〇～一九二三
『雄弁』大日本雄弁会 大日本図書、一九一〇～一九二三
「玩具の選擇」『トヤマ少年』三十六号、トヤマ新聞社、一九一一
「先づ家庭で玩具を作れ」『玩具世界』一巻四号、大阪玩具協会、一九一一
『早蕨報』第二号、一九一五
『婦人週報』婦人週報社、一九一五～一九一九

『少年倶楽部』大日本雄弁会 講談社、一九一五〜一九三六
『児童文化』児童文化研究所、一九四九

《論　文》

宮崎美城「日本で一番古いモンテッソーリ教具の由来について」『モンテッソーリ教育』第二十九号、一九九六
渡辺良枝・松川利広「久留島武彦と奈良に関する史的考察―寧楽女塾といさがわ幼稚園を中心に―」『奈良教育大学紀要』第五十六巻、二〇〇七
金成妍「巖谷小波と久留島武彦―久留島武彦を通して見る日本の口演童話史①」『敍説』第三巻十号、二〇一三
松田純子「幼児期における基本的生活習慣の形成―今日的意味と保育の課題―」『実践女子大学　生活科学部紀要』第五一号、二〇一四
金成妍「野村徳七と久留島武彦―久留島武彦を通して見る日本の口演童話史②」『叙説』第三巻十一号、二〇一四
金成妍「ボーイスカウトと久留島武彦―久留島武彦を通して見る日本の口演童話史③」『叙説』第三巻十二号、二〇一五

金成妍「久留島武彦が持ち帰った日本最古のモンテッソーリ教具―久留島武彦を通して見る日本の口演童話史④」『叙説』第三巻十五号、二〇一八

《音声》

「ともがき」「継続は力なり」「チャンス」久留島武彦口演肉声、久留島武彦記念館所蔵

※久留島武彦が初代会長を務めた公益財団法人 日本青少年文化センターにて、昭和四十八（一九七三）年、久留島武彦生誕百年を記念して久留島武彦の肉声収録のLP盤レコードが制作された。各音声の録音場所、日時は不明。現在この音声は、デジタル化され久留島武彦記念館で一般公開されている。久留島武彦記念館「学ぶ部屋」にて視聴可能。

本書中の文献・音声参考部は読みやすさ考慮のため、旧字体の変換、内容の一部省略・要約したものを記載しております。

【著　者】

金　成妍（きむ　そんよん）

韓国釜山生まれ
2008 年九州大学大学院博士後期課程修了
文学博士学位取得
第 48 回久留島武彦文化賞、第 34 回日本児童文学学会奨励賞、
第 39 回巖谷小波文芸賞 特別賞、
第 81 回西日本文化賞奨励賞 社会文化部門受賞
現在、玖珠町立 久留島武彦記念館館長

【監　修】

久留島武彦記念館（くるしまたけひこきねんかん）

〒 879-4404 大分県玖珠郡玖珠町森 855
TEL：0973-73-9200
FAX：0973-73-9201
E-mail：kurushima@town.kusu.oita.jp
HP：http://kurushimatakehiko.com

チャンスはハゲおやじ
久留島武彦《くるしまたけひこ》の心《こころ》を育《そだ》てる名言集《めいげんしゅう》

2020 年 5 月 5 日 初版発行
2023 年 3 月 3 日 2 刷発行

著　者　金　成妍
監　修　久留島武彦記念館
企画・制作　大分県 玖珠町 玖珠町教育委員会
発行者　田村　志朗
発行所　㈱ 梓 書 院
〒 812-0044 福岡市博多区千代 3-2-1
TEL 092-643-7075　FAX 092-643-7095

印刷製本　亜細亜印刷株式会社

ISBN978-4-87035-666-5